かるいお姫さま

かるいお姫《ひめ》さま

ジョージ・マクドナルド 作
モーリス・センダック 絵
脇 明子訳

岩波書店

THE LIGHT PRINCESS

Text by George MacDonald
Pictures by Maurice Sendak

First published 1969
by Farrar, Straus and Giroux, LLC
d/b/a Macmillan Children's Publishing Group, New York.

This Japanese edition published 2020
by Iwanami Shoten, Publishers, Tokyo.

For Michael di Capua

M. S.

1　子どもがおらぬとはなにごとじゃ

昔《むかし》むかし、それもあんまり昔なので、いつのことだったか、すっかり忘《わす》れてしまったくらい昔のこと、あるところに王さまとお妃《きさき》さまがいました。二人には、子どもが一人もいませんでした。

あるとき王さまは、こんなひとりごとを言いました。「わしの知っておるかぎり、どこの国でも、お妃《きさき》にはちゃんと子どもがおる。三人おるところもあれば、七人のところもある。十二人のところもあるくらいじゃ。ところがうちの妃ときたら、一人も生んでくれようとせん。わしは冷遇《れいぐう》されとるようじゃ。」そこで王さまは、お妃さまに腹《はら》を立てることに決めました。けれどもお妃さまは、立派《りっぱ》なお妃さまらしく、とてもがまんづよい方《かた》でしたので、じっとそれに耐《た》えました。おかげで王さまは、ますます腹を立ててしまいました。

それでもお妃さまは、王さまはふざけていらっしゃるのね、とっても愉快《ゆかい》だこと、という顔をしていました。

「せめて娘《むすめ》の一人でも生んでくれる気はないのか?」と、王さまは言いました。「息子《むすこ》を生めとまでは頼《たの》まん。そこまで言うのは無理《むり》な注文《ちゅうもん》じゃろうからな。」

「わたくしといたしましても、心から申《もう》しわけないと思っておりますのよ、王さま」と、お妃《きさき》さまは答えました。

「当然《とうぜん》じゃ」と、王さまは言い返しました。「まさか、そう言えば感心されると思っておるのではあるまいな。」

王さまはけっして暴君《ぼうくん》ではありませんでしたし、これほど重大な場合でなければ、喜んでお妃《きさき》さまのしたいようにさせるのがふつうでした。しかし、これは国事《こくじ》にかかわる問題でした。

お妃《きさき》さまはにっこりしました。

「わたくしども女性に対しては、気を長く持っていただくしかございませんわ、王さま。」

お妃《きさき》さまはほんとうに気立《きだ》てのいい方《かた》で、王さまの願いをすぐにもかなえてさしあげることができないのを、とても心苦《こころぐる》しく思っていたのでした。

王さまはなんとか気を長く持とうとなさいましたが、うまくいかずに、しょっちゅうかんしゃくをおこしました。ですから、そんな王さまの願いなんか、かなえてあげなくてもよかったのですが、やがてついにお妃《きさき》さまは、娘《むすめ》を一人生み落としました。それがまた、およそこの世で産声《うぶごえ》をあげたお姫《ひめ》さまたちのうちでも、とりわけかわいいお姫さまだったのです。

2　いまに見ておれ

じきに、赤ちゃんの洗礼式《せんれいしき》の日がやってきました。王さまは、お祝《いわ》いの会にみんなを招《まね》くための招待状《しょうたいじょう》を、全部自分で書きました。そして、言うまでもなく、書き忘《わす》れをしでかしました。

だれかの名前を書き忘《わす》れても、だれを忘れたのかをちゃんと心得《こころえ》ておきさえすれば、ふつう、そんなに問題にはなりません。ところがこのとき王さまは、運の悪いことに、わざと書き忘《わす》れたのではなく、ほんとうに忘れてしまったのでした。しかも、ますます運の悪いことに、忘れた相手がメイケムノイッ王女(「思い知らせてやるぞ」という意味が隠されている)だったものですから、やっかいなことになりました。この王女は、王さまのじつの姉《ねえ》さんだったのですから、忘れたりしてはいけなかったのです。もっともこの王女は、お父さんである先代《せんだい》の王さまに逆《さか》らってばかりいたために、王さまが遺言状《ゆいごんじょう》をお作りになるときに、きれいに忘れられてしまった人でした。ですから、弟が招待状《しょうたいじょう》を書くときについつい忘れてしまったのも、ちっとも不思議《ふしぎ》ではなかったのです。相手に忘れずにいてもらうためには、それなりのおつきあいが必要ですが、貧《まず》しい親類というのは、それをやろうとはしないものです。どうしてなんでしょうね? 王さまのほうじゃ、あばら家住《やず》まいの姉さんのことなど、目にはいらなくて当然《とうぜん》じゃないでしょうか。

この王女は、意地が悪くて気むずかしい人でした。その顔には、人をばかにしたときにできる皺《しわ》と、ひがんだときにできる皺が、縦横十文字《たてよこじゅうもんじ》にいくつもいくつも刻《きざ》まれていて、とにかく全体が皺《しわ》だらけでした。招待《しょうたい》するべき人を忘《わす》れるというのはよくないことですが、相手がこの人だと、洗礼式《せんれいしき》というような場合であっても、王さまを責《せ》める気にはなれません。おまけにこの王女は、見るからに変な人でした。おでこが顔全体の半分ほどもあって、それがぐっと前につきだして、下半分の上に崖《がけ》のようにそそりたっているのです。この王女が腹《はら》を立てると、小さい目がギラッと青く光ります。だれかを憎《にく》むと、その光が黄色くなったり、緑になったりします。だれかを好きになるとどうなるかはわかりません。王女が自分以外のだれかを好きになったなどという話は、聞いたことがありませんし、なんとかして自分に慣《な》れるようにしないかぎり、自分を好きになるのだって、無理《むり》だっただろうと思うからです。

それにしても、王さまがこの王女を招《まね》き忘《わす》れたのは、とんでもない失敗《しっぱい》でした。なぜならこの王女は、おそろしく頭の切れる人だったからです。じつを言うと、この王女は魔女《まじょ》でした。しかも、そのたちの悪いことときたら、どんなにたちの悪い妖精《ようせい》でもたじたじとなり、ずる賢《がしこ》いことときたら、どんなにずる賢い妖精でもかなわないほどでしたから、この王女に魔法《まほう》をかけられた人は、だれでもたちまち降参《こうさん》してしまうのでした。歴史《れきし》の本には、腹《はら》を立てた妖精《ようせい》や魔女《まじょ》たちがやったさまざまな仕返《しかえ》しのことが書かれていますが、王女はそんなやり方は頭からばかにしきっていました。そして、いくら待っても招待状《しょうたいじょう》が来ないことがはっきりすると、招待状なしでも出かけていって、一家全員を悲嘆《ひたん》のどん底《ぞこ》に突《つ》き落としてやろうと決心しました。それが王女にふさわしいやり方というものです。

そこで王女は、いちばんいい服を着こんで宮殿《きゅうでん》に出かけましたが、幸せいっぱいな王さまは、姉《ねえ》さんを招《まね》き忘《わす》れたことを忘れていたので、快《こころよ》く王女を歓迎《かんげい》しました。王女は王家《おうけ》の礼拝堂《れいはいどう》へとむかう行列《ぎょうれつ》に加わり、みんなが洗礼盤《せんれいばん》のまわりに集まると、なんとか割《わ》りこんで前へ出て、水の中に何かを投げこみました。そして、そのあとはごく礼儀《れいぎ》正しい態度《たいど》を崩《くず》さず、赤ちゃんの顔に聖水《せいすい》がふりかけられるのをじっと待ち受けました。聖水がふりかけられた瞬間《しゅんかん》、王女はその場でぐるぐると三回まわりながら、近くにいる人だけに聞こえるくらいの声で、こんな呪文《じゅもん》を唱《とな》えました。

心もかるく　身体《からだ》もかるく
重さはみんな飛んでいけ
抱《だ》いても腕《うで》は疲《つか》れない
親の心が沈《しず》むだけ！

まわりの人たちは、王女の頭が変になって、つまらない子守《こも》り歌《うた》か何かをつぶやいているのだと思いました。にもかかわらず、そこにいた人たち全員が、いっせいに身体《からだ》がぞくっとするのを覚《おぼ》えたのです。ところが赤ちゃんだけは、きゃっきゃっと楽しげに笑《わら》いはじめました。おなじ瞬間《しゅんかん》に、赤ちゃんを抱《だ》いていた乳母《うば》のほうは、自分の身体が麻痺《まひ》したのかと思い、思わず出た叫《さけ》び声《ごえ》をなんとか押《お》し殺《ころ》しました。なぜなら、赤ちゃんを抱いていたはずの腕《うで》が、何も感じなくなったからです。しかし乳母は、赤ちゃんをぎゅっと抱きしめただけで、何も言いませんでした。

呪《のろ》いはかけられてしまったのです。

3　うちの子のはずはない

極悪非道《ごくあくひどう》な伯母《おば》さんは、赤ちゃんから重さを奪《うば》い取ってしまったのでした。どうすればそんなことができるのかとお聞きになる方には、「世にも簡単《かんたん》なことです。重力《じゅうりょく》をなくしてしまいさえすればいいのです」とお答えしておきましょう。王女は自然哲学《しぜんてつがく》に通じていましたから、靴《くつ》の紐《ひも》を順番に穴《あな》に通して結ぶ手順を心得《こころえ》ているのとおなじように、重力の法則《ほうそく》のしくみをちゃんと心得ていたのです。しかも王女は魔女《まじょ》でしたから、一瞬《いっしゅん》のうちにその法則をあやつって、無効《むこう》にしてしまうことができました。無効にするとまではいかなくても、少なくとも、まわっている車輪《しゃりん》に車止《くるまど》めをかませ、車軸《しゃじく》を錆《さ》びつかせて働きを止めてしまうくらいのことは、朝飯前《あさめしまえ》でした。しかし、ここで大事なのは、どうやってそれをやってのけたかということではなく、その結果どうなったかということのほうです。

この悲しむべき喪失《そうしつ》から生《しょう》じた最初の不都合《ふつごう》は、乳母《うば》が赤ちゃんをゆすってあやしはじめたとたんに、赤ちゃんが乳母《うば》の腕《うで》を離《はな》れて、天井《てんじょう》のほうへと飛んでいったことでした。幸いなことに空気の抵抗《ていこう》があったので、赤ちゃんの上昇運動《じょうしょううんどう》は天井の一フィート*手前で止まりました。赤ちゃんはそのままそこにとどまり、乳母の腕を離れたときのままの水平な姿勢《しせい》で、さかんに足をはねあげながら、きゃっきゃっと笑《わら》っていました。乳母はあわてふためいてベルを鳴らして従僕《じゅうぼく》を呼び、脚立《きゃたつ》を持ってこさせました。そして、震《ふる》えながら脚立にのぼりましたが、赤ちゃんの長い産着《うぶぎ》のはしがひらひらしているのをつかまえるためには、脚立のてっぺんにあぶなっかしく立って、必死で手を伸《の》ばさなくてはなりませんでした。

この不思議《ふしぎ》な事実が知れわたるにつれて、宮殿《きゅうでん》は大さわぎになりました。王さまがこの事実を発見したのも、当然《とうぜん》ながら、乳母《うば》の場合とそっくりな経験《けいけん》によってでした。赤ちゃんを腕《うで》に抱《だ》いたにもかかわらず、重さが感じられないのにびっくりした王さまは、まず赤ちゃんをゆすりあげ——たっきりでした。赤ちゃんは乳母のときとおなじように、ゆっくりと天井《てんじょう》のほうへのぼっていき、そこにふわふわと浮《う》いているのが気持ちがよくて、うれしくてたまらないらしく、きゃっきゃっとかわいらしい笑《わら》い声《ごえ》を響《ひび》かせました。王さまは物も言えないほどびっくりして、ひげを風の中の草のようにふるわせながら、じっと上を見上げていました。しばらくしてやっと王さまは、そばでおなじように恐怖《きょうふ》に打ちのめされていたお妃《きさき》さまのほうを振《ふ》り向き、あえぎあえぎ、こう言いました。

「き、妃《きさき》や、こ、こんなのが、う、うちの子のはずはない！」

お妃《きさき》さまは王さまよりずっと賢《かしこ》い方《かた》でしたので、すでに、「あるべきものがないという現象《げんしょう》には、それなりの原因がある」と考えはじめていました。

「うちの子なのはまちがいございませんわ」と、お妃《きさき》さまは言いました。「だけど、洗礼《せんれい》式《しき》のときには、もっと気をつけてやらないといけませんでしたわね。招待《しょうたい》していない方々《かたがた》を列席《れっせき》させるべきではございませんでした。」

「ほう、ほう！」王さまはひとさし指で額《ひたい》を叩《たた》きながら言いました。「わかったぞ。犯人《はんにん》

＊　一フィートは約三十センチメートル。

の目星《めぼし》がついた。わからんか、妃《きさき》や？　この子に呪《のろ》いをかけたのは、メイケムノイツ王女じゃよ。」

「わたくしが申《もう》しましたのも、そのことでしたの」と、お妃《きさき》さまは答えました。

「すまんすまん、聞いておらなかったのじゃ。──ジョン、玉座《ぎょくざ》に上がるときの踏《ふ》み段《だん》を持ってまいれ。」

というのは、この王さまも、小さい王さまなのに玉座《ぎょくざ》は大きいという、よくある例《れい》の一人だったからです。

運ばれてきた玉座《ぎょくざ》の踏《ふ》み段《だん》は、食堂のテーブルの上にのせられ、ジョンがそのてっぺんまで上りました。しかし、そこでせいいっぱい手を伸《の》ばしても、頭の上でたえまなく爆発《ばくはつ》している笑《わら》い雲《ぐも》のような小さいお姫さまには届《とど》きませんでした。

「そら、ジョン、火ばさみじゃ。」王さまは暖炉《だんろ》で使う火ばさみを持ってテーブルに上がり、ジョンにそれを手渡《てわた》しました。

ジョンはやっと赤ちゃんをつかまえるのに成功し、小さいお姫さまは火ばさみにはさまれて、下へと受け渡《わた》されました。

4　あの子はどこ？

こうしたおかしな事件があってからというもの、みんなはとても用心深くなり、おかげでしばらくは何事もありませんでした。ところが、ひと月ほどした、あるよく晴れた夏の日のことです。お姫さまは、お妃《きさき》さまの寝室《しんしつ》のベッドの上で、ぐっすりと眠《ねむ》っていました。お昼どきだったので、窓《まど》が一つ開けてあり、とてもむし暑かったので、赤ちゃんは、心地《ここち》よい眠りのほかには、何ひとつ身につけていませんでした。そこへお妃さまがやってきて、赤ちゃんがベッドの上にいるとは知らずに、別の窓を開けました。すると、さっきからいたずらのチャンスをねらっていた、ふざけんぼの妖精《ようせい》のような風が、待ってましたとばかりに開いた窓から吹《ふ》きこみ、ベッドの上をさっとかすめながら赤ちゃんをさらい、綿《わた》くずかたんぽぽの綿毛《わたげ》みたいにふわふわとそこらを漂《ただよ》わせてから、もう一方の窓の外へと連れていってしまいました。お妃《きさき》さまは、自分のせいでそんなことが起こったとは夢《ゆめ》にも知らず、そのまま階下《かいか》へ降《お》りていきました。

やがてもどってきた乳母《うば》は、お妃《きさき》さまが赤ちゃんをお連れになったのだろうと思い、叱《しか》られるのを心配して、すぐには赤ちゃんの居場所《いばしょ》を確《たし》かめようとしませんでした。しかし、待っていても何の連絡《れんらく》もないので、だんだん心配になってきて、とうとう自分のほうからお妃さまの居間《いま》へ行ってみました。

「陛下《へいか》、赤ちゃんをお預《あず》かりいたしましょうか？」と、乳母《うば》は聞いてみました。

「あの子はどこなの？」

「お許《ゆる》しくださいませ。わたくしが悪うございました。」

「どういうことなの？」と、お妃《きさき》さまはこわい顔をして言いました。

「ああ！　お怒《いか》りにならないでくださいませ、陛下《へいか》！」乳母《うば》は手をぎゅっと握《にぎ》りあわせて、叫《さけ》びました。

お妃《きさき》さまは何か悪いことが起こったのだと知り、そのまま気を失ってしまいました。乳《う》母《ば》は、「お姫さま！　お姫さま！」と叫《さけ》びながら、宮殿《きゅうでん》じゅうを走りまわりました。

みんなはお妃《きさき》さまの部屋《へや》へかけつけました。しかしお妃さまは、命令を下せるような状《じょう》態《たい》ではありませんでした。それでもじきにみんなは、お姫さまがいなくなったのだということを知り、たちまち宮殿《きゅうでん》は蜂《はち》の巣《す》をつついたような騒《さわ》ぎになりました。それからまもなく、わあっという叫《さけ》び声《ごえ》と拍手《はくしゅ》が聞こえ、お妃さまは正気《しょうき》にもどりました。みんなは、お姫さまが一本のバラの木の下でぐっすりと眠《ねむ》っているのを見つけたのでした。ふざけんぼのそよ風は、お姫さまをそこまで運んだあと、いたずらの総仕上《そうしあ》げとして、そのまっ白な身体《からだ》の上いちめんに、まっ赤なバラの花びらを降《ふ》らせていました。召使《めしつか》いたちの騒《さわ》ぐ声で目をさましたお姫さまは、うれしくてうれしくてたまらないといった様子《ようす》で、そのバラの花びらを四方八方《しほうはっぽう》へまきちらしましたが、その光景《こうけい》は、夕日に照《て》らされた噴水《ふんすい》そっくりでした。

この事件のあと、もちろんみんなはますます用心深くなりましたが、それでも、お姫さまの風変《ふうが》わりな性質から起こったおかしな出来事《できごと》を全部お話しするとしたら、いくらページがあっても足《た》りないでしょう。とはいえ、この赤ちゃんがうちじゅうを明るくしてくれることといったらたいしたもので、どこの宮殿《きゅうでん》を探《さが》しても、いや、どこの家を探しても、こんな赤ちゃんは二人といないだろうと思われました。少なくとも、宮殿の下の階《かい》にいる人たちは、この赤ちゃんのおかげでいつも上きげんでした。乳母《うば》たちにとって、この赤ちゃんをつかまえておくのはやさしい仕事ではありませんでしたが、とにかく腕《うで》は痛《いた》まないし、心だって痛みはしなかったからです。

それに、この赤ちゃんはボール遊びにもってこいでした！　取り落とす心配をする必要はまったくないのです。投げ落としたり、たたき落としたり、突《つ》き落としたりすることはできても、取り落とすことは不可能《ふかのう》です。もちろん、火の中や、石炭入《せきたんい》れの穴《あな》や、窓《まど》の外へと飛んでいってしまう危険《きけん》はありましたが、いまのところそんな事故《じこ》は起こっていませんでした。

どっというにぎやかな笑《わら》い声《ごえ》が、どこからともなく響《ひび》いてくれば、その原因は一つに決まっていました。台所におりていくか、どこかの部屋《へや》をのぞいてみるかすれば、そこではきっと、ジェインやトーマスやロバートやスーザンや、そのほかだれもかれもが集まって、

小さなお姫さまとボール遊びを楽しんでいます。お姫さまはボールの役ですが、だからといって、ほかのみんなほど楽しくないわけではありません。一人の手から別の手へと飛んでいきながら、お姫さまはきゃっきゃっと笑《わら》っています。召使《めしつか》いたちはみんなこの遊びが大好きでしたが、それ以上にみんな、このボールが大好きでした。しかし、お姫さまを投げるときには、上向《うわむ》きの力をかけたが最後、踏《ふ》み台《だい》に上がらないと降《お》ろせないことになりかねないので、ちょっと気をつける必要がありました。

5 どうしたらよかろう?

しかし、上の階《かい》では様子《ようす》が違《ちが》っていました。たとえばある朝、朝ごはんがすんだあと、王さまが会計室《かいけいしつ》へ行ってお金を数えていたときのことです。

王さまはその仕事をしていても、ちっとも楽しくありませんでした。

「この金貨《きんか》でさえ」と、王さまはひとりごとを言いました。「どれもがちゃんと四分の一オンス*の重さを持っておるのに、ちゃんと血と肉でできて、元気に生きておるうちの姫には、重さというものがないのじゃからなあ！」

そう思うと王さまは、金色の顔いっぱいに、自分に満足《まんぞく》しきっているかのような笑《わら》いを浮《う》かべている金貨《きんか》が、憎《にく》らしくてたまらなくなってきました。

そのときお妃《きさき》さまは自分の部屋《へや》で、パンに蜂蜜《はちみつ》をつけて食べていました。しかし、ひと口食べてはわっと泣《な》き出す始末《しまつ》で、パンはさっぱりのどを通りませんでした。王さまはその泣き声を聞きつけました。王さまはだれかに、とりわけお妃さまに文句《もんく》をつけたい気分だったので、金貨《きんか》をじゃらじゃらと金庫《きんこ》にもどすと、冠《かんむり》をポンと頭にのせて、お妃さまの部屋へとんでいきました。

「いったいなんの騒《さわ》ぎじゃ？」と、王さまはどなりました。「何をそのように泣いておる？」

＊　一オンスは三十グラムたらず。

「のどを通りませんの。」お妃《きさき》さまは、蜂蜜《はちみつ》の壺《つぼ》を悲しげに見つめながら答えました。

「あたりまえじゃ！」と、王さまは言い返しました。「たったいま朝飯《あさめし》に、七面鳥《しちめんちょう》の卵《たまご》を二つと、ヒシコイワシを三匹《びき》、食《く》ったばかりではないか。」

「まあ、そんなことではございませんわ！」と、お妃《きさき》さまはすすり泣きました。「あの子の、あの子のことですのよ！」

「ふん、あの子がどうしたというのじゃ？　煙突《えんとつ》にはまったわけでも、井戸《いど》に落ちたわけでもあるまい。いまも笑《わら》っておるのが聞こえとったぞ。」

それでも王さまはため息をつかずにはいられず、あわてて咳払《せきばら》いをしてごまかしました。

「あれがうちの子であろうがなかろうが、心がかるいというのは結構《けっこう》なことに違《ちが》いあるまい。」

「でも、頭がかるいというのは、悪いことでございますわ。」お妃《きさき》さまがこう言ったのは、ずっと先を見通《みとお》す力があったからでした。

「手がかるければ、仕事が早くてよかろう」と、王さまは言いました。

「でも、指がかるければ、手癖《てくせ》が悪くなる心配がございます」と、お妃《きさき》さまは答えました。

「足取《あしど》りがかるいというのは、結構《けっこう》なことじゃ」と、王さまが言いました。

「でも――」お妃《きさき》さまはそう言いかけましたが、王さまに邪魔《じゃま》されてしまいました。

「まあ、結局《けっきょく》のところ――」王さまのその言い方は、そこにはいない相手と想像《そうぞう》の中で議《ぎ》論《ろん》をくりひろげ、当然《とうぜん》の結果《けっか》として、ものの見事《みごと》に相手を言い負かしてしまったかのようでした。「結局のところ、身がかるいというのは、まったくもって結構《けっこう》なことじゃからな。」

「でも、精神《せいしん》がかるいというのは、まったくもって悪いことでございますわ。」お妃《きさき》さまは、かんしゃくが抑《おさ》えきれなくなってきて、こう言い返しました。

王さまはこのしめくくりのひとことにたじたじとなり、くるっとむきを変えて会計室《かいけいしつ》へ引き返そうとしました。しかし、まだ半分と行かないうちに、お妃《きさき》さまの声が追《お》いうちをかけてきました。

「それに、髪《かみ》の色があかるいのだって、悪いことでございますわ。」闘志《とうし》をかきたてられてしまったお妃《きさき》さまは、だめ押《お》しの一撃《いちげき》を加えずにはおさまらず、金切《かなき》り声《ごえ》をはりあげました。

お妃《きさき》さまの髪《かみ》の色は、夜のようにまっ黒でした。王さまとその娘《むすめ》の髪はというと、朝の光のように金色でした。しかし王さまが足を止めたのは、髪の色に文句《もんく》をつけられて腹《はら》を立てたからではなく、「かるい」ことから「あかるい」ことへと、話がすりかえられたからでした。王さまは気のきいた文句の類《たぐい》が大きらいで、とくにだじゃれにはがまんができないたちでした。もっとも、お妃さまが「髪の色があかるい」と言ったのか、「髪の色があかい」と言ったのか、王さまにはよくわかりませんでした。お妃さまもずいぶん興奮《こうふん》していて、発音《はつおん》が聞き取りにくくなっていたからです。

王さまはまたくるりとむきを変えて、お妃《きさき》さまのところへもどりました。お妃さまはまだ怒《おこ》った顔をしていましたが、それは自分が悪いということを、というか、結局《けっきょく》はおなじことになりますが、王さまに悪いと思われていることを、よく承知《しょうち》していたからでした。

「妃《きさき》や」と、王さまは言いました。「どんな身分の人間であっても、夫婦《ふうふ》のあいだで裏《うら》表《おもて》のある物言《ものい》いをするというのは、大変にふらちなことじゃ。王と妃のあいだでは、言うにおよばん。そしてその、裏表《うらおもて》のある物言《ものい》いのうちでも、最も憎《にく》むべきしろものが、だじゃれというものじゃ。」

「まあ！」と、お妃《きさき》さまは言いました。「わたくしはだじゃれなど、言うつもりはございませんわ。勝手《かって》にできて、出てきてしまうだけで……。わたくしはこの世でいちばん不幸な女でございますわ！」

その嘆《なげ》きように打たれた王さまは、お妃《きさき》さまを抱《だ》きしめました。それから二人は、腰《こし》をおろして話しあうことにしました。

「これが辛抱《しんぼう》できるか？」と、王さまはたずねました。

「とてもできませんわ」と、お妃《きさき》さまは答えました。

「では、どうしたらよかろう？」と、王さまが言いました。

「わたくしにはとうていわかりませんわ」と、お妃《きさき》さまは言いました。「でも、謝罪《しゃざい》をしてみてはいかがでしょう？」

「わしの姉に、ということか？」と、王さまは言いました。

「ええ」と、お妃《きさき》さまは答えました。

「まあ、そうしてみるか」と、王さまは言いました。

そこで王さまは、翌朝《よくあさ》さっそくメイケムノイッ王女の家を訪《たず》ね、腰《こし》を低くして謝罪《しゃざい》し、呪《のろ》いを解《と》いてくれるように頼《たの》みました。しかし王女は、大まじめな顔で、そんなことは全然《ぜん》知らないと言うばかりでした。それでも王女がうれしがっているのはたしかで、その証《しょう》拠《こ》に、王女の目はピンク色に光っていました。王女は、王さまもお妃《きさき》さまも行《おこな》いを改めて辛抱強《しんぼうづよ》くするように、と忠告《ちゅうこく》を与《あた》えました。王さまはすっかりふさぎこんで宮殿《きゅうでん》にもどりました。お妃さまは、なんとか王さまをなぐさめようとしました。

「あの子がもう少し大きくなるまで待ってみましょう。そうしたら、自分で何か思いついてくれるかもしれませんわ。少なくとも、どんな気分かを説明《せつめい》するくらいのことはできるはずです。」

「しかし、あの子が結婚《けっこん》したらどうなるじゃろう?」王さまは突然《とつぜん》その可能性《かのうせい》に気がついて、ぎょっとして大声をあげました。

「それがどうしたとおっしゃいますの?」と、お妃《きさき》さまが言いました。

「考えてもごらん! あの子が子どもを生んだらどうなる! 百年もしたら、そこらじゅう、秋の蜘蛛《くも》の子みたいに、ふわふわ飛ぶ子どもだらけになるぞ。」

「どっちみち、わたくしたちには関係のないことでございますわ」と、お妃《きさき》さまは答えました。「それにその頃《ころ》には、どうやって暮《く》らせばいいかくらい、わかっていないはずがございません。」

王さまはため息を一つついて、返事のかわりにしました。

王さまとしては、宮廷《きゅうてい》の侍医《じい》に診察《しんさつ》を頼《たの》んでもよかったのですが、お姫さまが実験台《じっけんだい》にされるのが心配で、そうもできずにいました。

6 あれでは笑《わら》いすぎじゃ

そのあとも困《こま》った出来事《できごと》はいくつもあり、両親の嘆《なげ》きはつきませんでしたが、小さいお姫さまのほうは、笑《わら》って笑ってどんどん大きくなりました。笑えば太るといいますが、お姫さまはふっくらとしても太ることはなく、すくすくとのびていきました。そして、せいぜい煙突《えんとつ》にはいったくらいで、それ以上の苦境《くきょう》にはおちいらずに、無事《ぶじ》に十七歳《さい》になりました。この煙突事件《じけん》のときには、鳥の巣荒《すあ》らしのわんぱく小僧《こぞう》が見事《みごと》にお姫さまを救《すく》い出して、名声《めいせい》と顔いっぱいの煤《すす》を手に入れました。

また、お姫さまは、考えなしではありませんでしたが、だれにでも何にでも笑《わら》いを浴《あ》びせてしまうというだけで、それ以上悪いことはしませんでした。あるときためしに、クランランフォート将軍《しょうぐん》とその軍隊《ぐんたい》が残らず八《や》つ裂《ざ》きにされてしまったと聞かせてみましたが、お姫さまは笑っただけでした。敵《てき》が攻め寄《せよ》せてお姫さまのパパの都《みやこ》を包囲《ほうい》しようとしていると聞かせても、やっぱりけらけらと笑いました。そこで、都はもう敵軍《てきぐん》に好《す》き勝手《かって》にされるしかなくなったと言ったところ、その笑いはいよいよ大きくなって、とめどがありませんでした。お姫さまに物事《ものごと》の深刻《しんこく》な側面《そくめん》を見させようとしても、それは無理《むり》な注文《ちゅうもん》というものでした。お母さんが泣くと、お姫さまは言いました。

「ママのお顔ったら、おっかしいの！　ほっぺたをしぼると、お水が出るのね！　ママって、変なの！」

お父さんが雷《かみなり》を落としても、お姫さまはやっぱり笑《わら》い、手をたたきながらお父さんのまわりを踊《おど》りまわるばかりでした。

「もういっぺんやって、パパ。もういっぺんやってよ！　すっごくおもしろいわ！　ねえったら、パパ！」

王さまがつかまえようとすると、お姫さまはするっと逃《に》げましたが、それはお父さんが怖《こわ》いからではなくて、鬼《おに》ごっこがはじまったと思ったからでした。足でとんとはずみをつけただけで、もうお姫さまは、王さまの頭の上にふわっと浮《う》かんでいます。そうでなければ、大きな蝶々《ちょうちょう》そっくりに、あっちへひらひらこっちへひらひらと踊《おど》り狂《くる》っているというありさまです。両親が自分たちだけのつもりで、いったいこの娘《むすめ》をどうしたものかと話しあっていると、いきなり頭の上で、抑《おさ》えても抑えきれない笑《わら》いが爆発《ばくはつ》することもしょっちゅうでした。そんなとき、かんかんになった両親が上を見ると、お姫さまは空中に長々と横たわって、その滑稽《こっけい》な状況《じょうきょう》がおかしくてたまらないと言いたそうに、二人を見下《みお》ろしているのでした。

ある日、ちょっと困《こま》ったことが起こりました。そのときお姫さまは、おつきの者に手を取られて、庭《にわ》の芝生《しばふ》の上に出ていました。庭の反対側《はんたいがわ》に王さまがいるのに気がついたお姫さまは、腰元《こしもと》の手をふり放《はな》して、王さまのほうへと駆《か》けだしました。お姫さまが一人で走ったりすると、ぴょんと跳《と》んだっきり降《お》りてこられない心配がありますから、両手に一つずつ石を持って走るのが習慣《しゅうかん》でした。身につけたものでは、そういう役には立ちませんでした。重たいはずの金でさえ、装身具《そうしんぐ》として身につけられてお姫さまの一部分になってしまうと、そのときだけは重さをなくしてしまうのです。でも、手で持っただけのものなら、下向きの力をなくさないですみました。このときは、何か拾《ひろ》おうと思っても、あいにく手近《てぢか》には大きなヒキガエルしか見つかりませんでした。そのヒキガエルは、庭のむこうまで百年かかってもいっこうにかまわないとばかりに、のたりのたりと歩いているところでした。この変わったお姫さまは、気味《きみ》が悪いというのがどういうことかも知らないくらいだったので、さっそくこのヒキガエルをひっつかみ、ぴょんぴょんと跳《と》んでいきました。

お姫さまがすぐそばまでやってきたので、お父さんが腕《うで》をひろげて抱《だ》きとめ、その唇《くちびる》の上でバラのつぼみの上の蝶々《ちょうちょう》のように遊んでいるキスをもらおうとした、そのときのことです。一陣《いちじん》の風が吹《ふ》いてきてお姫さまを横へそらし、ちょうど王さまから御用《ごよう》をうけたまわっていた若い小姓《こしょう》の腕《うで》の中へ飛びこませてしまいました。さて、これはこのお姫さまに限《かぎ》った問題ではありませんが、いったんやりかけたことを中断《ちゅうだん》したり変更《へんこう》したりするためには、かなり手間《てま》をかけなくてはなりません。このときお姫さまには、それだけの手間をかける余裕《よゆう》がありませんでした。キスをせずにはすまなかったお姫さまは、小姓にキスをしました。お姫さまは、そんなことになっても、ろくに気にしてはいませんでした。恥《は》ずかしいなどという気持ちは、もともと持ち合わせていなかったからです。それに、これがやむをえない場合だったというのは明らかでした。ですからお姫さまは、オルゴールのような笑《わら》い声《ごえ》をあげただけでした。

気《き》の毒《どく》な小姓《こしょう》のほうは、まったくひどい目にあっていました。お姫さまは、キスが厄介《やっかい》な方向へむかうのを避《さ》けるために、小姓《こしょう》を押《お》しやろうと両手を前に突《つ》き出しました。おかげで小姓は、キスをもらうのといっしょに、もう一方の頬《ほ》っぺたに大きな黒いヒキガエルをぴしゃりとたたきつけられ、しかもそれが、まともに目にぶつかったのでした。小姓はなんとか笑《わら》おうとしましたが、そのせいでかえってへんてこにゆがんだ顔になってしまい、お姫さまにキスされたのを得意《とくい》がるどころではありませんでした。威厳《いげん》をおおいに傷《きず》つけられた王さまは、それからまるひと月というもの、その小姓に口をきこうとしませんでした。

それにしても、このお姫さまが走っていく姿《すがた》は、とても愉快《ゆかい》なながめでした。もっとも、その移動《いどう》の仕方《しかた》を「走る」と言っていいかどうかは、疑問《ぎもん》です。お姫さまはまずぴょんと跳《と》び、着地《ちゃくち》したと思うと二、三歩走り、またぴょんと跳びます。ときには、まだ地面に降《お》りないうちに降りていると思いこんで、何もない空中で足を前後に動かして走ろうとしますが、その様子《ようす》はひっくり返ったひよこにそっくりでした。そんなときお姫さまは、笑《わら》いの精《せい》になったかのように笑いますが、ただ、その笑いには何か足《た》りないものがありました。

それが何だったのか、私にはうまく言えません。あるいはそれは、悲しむこともできる人にしか出せない、細《こま》やかなニュアンスのようなものかもしれません。とにかくこのお姫さまには、「ほほえむ」ということはなかったのです。

7　哲学《てつがく》はいかが

王さまとお妃《きさき》さまは、長いあいだこのつらい問題を避《さ》けていましたが、ついに決心して三人で話し合ってみることにし、お姫さまを呼《よ》びよせました。お姫さまは部屋《へや》にはいってくると、ひらひら、ふわり、するりと、家具から家具へ飛びまわり、やっとのことで、ひじかけ椅子《いす》の一つに腰《こし》を下《お》ろしました。もっともお姫さまは、ただそんな姿勢《しせい》をしていただけで、椅子で身体《からだ》を支《ささ》えていたわけではありませんから、「腰を下ろした」と言っていいかどうか、私にはよくわかりません。

「なあ、娘《むすめ》や」と、王さまは言いました。「おまえも、もうそろそろ、自分がほかの人間たちとはいくらか違《ちが》っておることに、気がついておろうな。」

「あら、パパったら、へーんなの！　あたし、お鼻《はな》が一つに、目が二つ、ほかのものだって、ちゃあんとあるわ。パパとおんなじ。ママだってそうよ。」

「いい子だから、冗談《じょうだん》はやめて、まじめにお聞き」と、お妃《きさき》さまが言いました。

「ごめんだわ、ママ。そんなのいや。」

「ほかの人たちのように、ちゃんと歩けるようになりたいとは思わんのか？」と、王さまが尋《たず》ねました。

「ぜーんぜん思わないわ。はって歩くだけなんて、つまんない。みんなすっごくのろいんだもの！」

王さまは困《こま》って、ちょっと黙《だま》りましたが、やがて気を取り直して、「で、気分はどうなのかね、娘《むすめ》や？」と聞いてみました。

「とーっても元気よ。」

「いや、その、どんな感じがしておるのじゃね？」

「どんなって言われたって、わかんない。」

「それでも、何かは感じておるに違《ちが》いあるまい。」

「ええとね、おっかしなパパと、かわいーいママのいるお姫さまって感じ！」

「もう、この子ときたら、ほんとに！」とお妃《きさき》さまが言いはじめましたが、お姫さまがそれをさえぎりました。「そうそう、思い出したわ。ときどき、変な感じがすることがあるの。世界じゅうでいくらかでもまともなのは、あたし一人なんじゃないかしらって……」


お姫さまはそれまでは、もっともらしい様子《ようす》をしようと努《つと》めていましたが、ここでとうとう猛烈《もうれつ》な笑《わら》いの発作《ほっさ》にとらえられ、椅子《いす》からくるりとうしろむきに転《ころ》がったと思うと、有頂天《うちょうてん》になって床《ゆか》の上を転げまわりはじめました。王さまは、軽い羽布団《はねぶとん》をあつかうよりもかるがるとお姫さまを拾《ひろ》い上げ、椅子の上に――「上に」と言うのが正確《せいかく》な表現《ひょうげん》かどうかはわかりかねますが――もどしました。

「何か望んでおることはないのか？」この娘《むすめ》に腹《はら》を立ててもはじまらないとわかった王

さまは、こう尋《たず》ねてみました。

「あーら、パパ！　あるわよ」と、お姫さまは答えました。

「それは何じゃ、娘《むすめ》や？」

「あたし、それが夢《ゆめ》だったの──ずうっと前からよ！──ゆうべからずうっと。」

「話してみなさい。」

「そうしてくれるって、約束《やくそく》する？」

王さまは「するとも」と言いかけましたが、王さまより賢《かしこ》いお妃《きさき》さまが、首をちょっと振《ふ》って留《と》めました。

「話すほうが先じゃ」と、王さまは言いました。

「だめよ。約束《やくそく》してよ。」

「いや、やめておこう。何なのじゃ？」

「いい？　約束《やくそく》どおりにしてくれなきゃいやよ。それはね──ええとね──紐《ひも》で結んでもらうの──ながあいながあい紐よ。それで凧《たこ》みたいに飛ぶの。すっごくおもしろいと思うわ！　それでね、バラ水の雨と、ボンボンの霰《あられ》と、泡立《あわだ》てクリームの雪を降《ふ》らせるでしょ、それとね――ええとね――」

お姫さまは笑《わら》いの発作《ほっさ》でそれ以上しゃべれなくなり、また床《ゆか》の上を転《ころ》げまわろうとしましたが、王さまがあわてて立ち上がって、あやういところで留《と》めました。お姫さまからはくだらないおしゃべりしか聞けないとわかったので、王さまはベルを鳴らして侍女《じじょ》たちを呼《よ》び、お姫さまを連れていかせました。

「はてさて、妃《きさき》や」と、王さまはお妃さまのほうをむいて、言いました。「いったい全体、どうしたもんじゃろう？」

「もう、やれることは一つしかございません」と、お妃《きさき》さまは答えました。「哲学者協会《てつがくしゃきょうかい》に問い合わせてみましょう。」

「こよなき名案《めいあん》！」と、王さまは叫《さけ》びました。「そうしよう。」

さて、この協会《きょうかい》の首席《しゅせき》の地位《ちい》にいたのは、とても賢《かしこ》い二人の中国人の哲学者《てつがくしゃ》で、名前を御退屈《ハム・ドラム》と催吐気《コピー・ケック》といいました。王さまが呼《よ》びにやると、二人はすぐにやってきました。王さまは長い演説《えんぜつ》をして、二人がとっくに知《し》り抜《ぬ》いていること――知らない人なんか、いるはずがありません――すなわち、お姫さまがその居住地《きょじゅうち》たる地球との関係において、特殊《とくしゅ》な状態《じょうたい》にある、ということを話しました。そして二人に、この疾患《インファーミティ》のよってきたる由《ゆ》縁《えん》とその治療《ちりょう》の手段《しゅだん》とについて、知恵《ちえ》を出しあってほしいと頼《たの》みました。王さまはこの疾患《インファーミティ》という言葉にとくに力をこめましたが、これにふわふわした《インファーム》という裏《うら》の意味が重なって、だじゃれになっていることには気がつきませんでした。お妃《きさき》さまは笑《わら》いましたが、ハム・ドラムとコピー・ケックはかしこまってお話をうけたまわり、黙《だま》って引き下がりました。

二人はさっそく知恵《ちえ》を出しあいましたが、とくに熱心《ねっしん》にやったのは、それぞれがもう千回は論《ろん》じたことのあるお好《この》みの理論《りろん》を持ち出し、それを証明《しょうめい》してみせることでした。なぜなら、お姫さまの置《お》かれている状況《じょうきょう》は、思考法《しこうほう》の違《ちが》いから生《しょう》じるありとあらゆる問題を議《ぎ》論《ろん》する上で、じつに喜ばしい機会と言うべきであり、その思考法の違いというのは、まさしく、中国帝国《ていこく》の哲学《てつがく》全体にわたる問題だったからです。しかし、二人のために弁明《べんめい》しておくと、この大問題を議論しながらも、二人は実際的《じっさいてき》な問題――すなわち「どうすればいいのか」ということ――に気を配《くば》るのを完全に忘《わす》れてしまったわけではありませんでした。ハム・ドラムは唯物論者《ゆいぶつろんしゃ》で、コピー・ケックは唯心論者《ゆいしんろんしゃ》でした。ハム・ドラムはのんびりしていて、重々《おもおも》しい金言《きんげん》が好きでしたが、コピー・ケックのほうは気が短くておしゃべりでした。たいてい議論《ぎろん》をはじめるのはコピー・ケックのほうで、しめくくりの言葉を述《の》べるのはハム・ドラムでした。

「私が以前から主張《しゅちょう》しておるとおりですよ」と、コピー・ケックが熱心《ねっしん》にしゃべりはじめました。「姫のお身体《からだ》にも、魂《たましい》にも、何ひとつ悪いところはありません。ただ、そのつながりに問題があるのです。まあ、聞いてください、ハム・ドラムさん。私の考えを簡単《かんたん》にお話ししましょう。口ははさまないでくださいよ。返事はいりません。しゃべってしまうまで、あなたが何をおっしゃっても聞きませんからね。

――さて、魂《たましい》が約束《やくそく》された住まいを見つけようとする、決定的な瞬間《しゅんかん》のことです。たまたま出会った二つの魂が、熱心《ねっしん》さのあまり衝突《しょうとつ》し、はね返って道に迷《まよ》い、間違《まちが》ったところに着いてしまいました。その一つが姫の魂《たましい》で、それは遠くへ迷《まよ》っていってしまったのです。ですから姫は、本来《ほんらい》この地球の住人ではなく、どこか別の惑星《わくせい》、おそらくは水星あたりに属《ぞく》しておられるのです。この地球が姫の魂の入れものである肉体におよぼすはずの自然の影響力《えいきょうりょく》は、姫が真《しん》に属しておられる天体へとむかわれる力によって、完全に破壊《はかい》されておるのです。姫はこの世のことには、何の関心も持っておられません。姫とこの世とのあいだには、何の関係もないのです。

ですから姫に必要なのは、この地球に関心をお持ちになるように、断固《だんこ》たる強制《きょうせい》でもって、教育をお授《さず》けすることです。姫には歴史《れきし》のありとあらゆる部門を学んでいただかなくてはなりません。動物史、植物史、鉱物史《こうぶつし》、社会史、思想史《しそうし》、政治史《せいじし》、科学史、文学史、音楽史、美術史《びじゅつし》、とりわけ重要なのが哲学史《てつがくし》ですな。中国の王朝《おうちょう》からはじめて、日本まで、ありとあらゆることをです。しかし、まず最初に学ぶべきは地質学《ちしつがく》、そして、とくに重要なのが絶滅《ぜつめつ》した動物の歴史——その性質、習性《しゅうせい》、愛、憎《にく》しみ、復讐《ふくしゅう》、といったことです。さらに姫には——」

「待ーった、待ったぁーっ!」と、ハム・ドラムがどなりました。「とうにわしの番になっておるのは明らかじゃ。わが断固《だんこ》たる不退転《ふたいてん》の確信《かくしん》によれば、姫の状態《じょうたい》の明白《めいはく》なる異常《いじょう》性《せい》のよってきたる由縁《ゆえん》は、純粋《じゅんすい》かつ絶対的に肉体的なものにほかならぬ。じゃが、これでは異常の存在《そんざい》の認識《にんしき》から一歩も出ておらぬ。そこでわしの意見じゃ。——なんらかの原因、まあ、それが何かということは我等《われら》の探究《たんきゅう》にはあまり関《かか》わりのないことじゃが、その原因が働いて、姫の心臓《しんぞう》の運動が逆転《ぎゃくてん》してしもうたのじゃな。吸入《きゅうにゅう》と押《お》し出しの両ポンプの精《せい》妙《みょう》なる連携《れんけい》が狂《くる》ってしもうた。つまり、この不幸なる姫においては、押し出すべきところで吸入し、吸入すべきところで押し出しておるのじゃ。心房《しんぼう》と心室《しんしつ》の働きが逆転しておる。血液《けつえき》は静脈《じょうみゃく》を通って押し出され、動脈《どうみゃく》からもどってくる。その結果、体内組織《たいないそ》《しき》の全域《ぜんいき》において、血液の循環《じゅんかん》が逆転しておる——肺《はい》から何から、すべてにおいてじゃ。そういうことじゃと判明《はんめい》すれば、重力《じゅうりょく》という点においても姫が通常人《つうじょうじん》と相違《そうい》しておることに、いったい何の不思議《ふしぎ》があろう? さて、わしの提案《ていあん》する治療法《ちりょうほう》はこうじゃ——安全な範囲内《はんいない》、ぎりぎりのところまで、姫の身体《からだ》から血液《けつえき》を抜《ぬ》く。必要ならば、湯の中においてこれを行う。完璧《かんぺき》なる仮《か》死状態《しじょうたい》にまで至《いた》ったら、左の足首を緊縛《きんばく》し、骨格《こっかく》が耐《た》えうるかぎりの力をかけて、これを引《ひ》っ張《ぱ》る。同時に右の手首にも、同様な力をかける。残ったほうの手と足は、この目的のために特別に調整《ちょうせい》した皿にのせ、二つのポンプの排気室《はいきしつ》の下に置《お》く。排気室の空気を抜く。フランス製ブランディを一パイント投与《とうよ》して、結果を待つ。」

「結果は死を見るよりも明らかな、厳然《げんぜん》たる死に決まってますよ」と、コピー・ケックが言いました。

「であっても、それは我等《われら》の義務《ぎむ》の遂行《すいこう》に伴《ともな》う死じゃ」と、ハム・ドラムは答えました。

しかし両陛下《りょうへいか》は、吹《ふ》けば飛んでしまう娘《むすめ》をとてもかわいがっていましたので、このいずれ劣《おと》らぬ傍若無人《ぼうじゃくぶじん》な哲学者《てつがくしゃ》たちの治療計画《ちりょうけいかく》は、どちらも受けさせてみる気になれませんでした。実際《じっさい》、自然界の法則《ほうそく》を完全この上なしに心得《こころえ》ている人であっても、このお姫さまの問題を解《と》くのには役に立たなかったことでしょう。なぜなら、お姫さまを地《ち》水火風《すいかふう》の四大元素《げんそ》から成《な》る自然の法則に従《したが》って分類《ぶんるい》することは、不可能《ふかのう》だったからです。お姫さまの身体《からだ》は、重さのある四大元素《げんそ》をすべて含《ふく》んだものでありながら、重さのない第五の元素そのものでした。

8 水はいかが

たぶんお姫さまにとっていちばんいいのは、恋《こい》に落ちることだったでしょう。しかし、重さのないお姫さまとしては、落ちろと言われても困《こま》りますし、落ちることができるくらいなら、そもそも何も困ることはなかったわけです。お姫さま自身が恋というものについてどう思っていたかというと、世の中にそんな蜂《はち》の巣《す》があって、落ちると甘《あま》い蜜《みつ》と鋭《するど》い針《はり》の両方にぶつかるなどということは、夢《ゆめ》にも知りませんでした。しかし、その話より先に、お姫さまにもうひとつ変わったところがあるのを、このへんでお話ししておいたほうがいいでしょう。

宮殿《きゅうでん》は、世にも美しい湖のほとりに建っており、お姫さまはこの湖が、お父さんやお母さんよりも大好きでした。なぜそんなに湖が好きかというと、自分でちゃんと理解《りかい》していたわけではありませんが、お姫さまがこの湖にはいりさえすれば、意地悪《いじわる》くも奪《うば》い去《さ》られていた生得権《せいとくけん》――すなわち重さが、取りもどせたからでした。水は最初、お姫さまに害《がい》を与《あた》える手段《しゅだん》として使われましたが、そのせいでこんなことになったのかどうかは、私にはわかりません。しかし、お姫さまがアヒルのように泳いだりもぐったりできるのはたしかで、年取った乳母《うば》などは、アヒルそのものだと言ったほどでした。お姫さまの不幸をやわらげるこの事実が、どうやって発見されたかというと、それには次のようないきさつがありました。

国じゅうが夏祭《なつまつ》りを祝《いわ》っていたある宵《よい》のこと、お姫さまは、王さまとお妃《きさき》さまに連れられて、王家《おうけ》の御座船《ござぶね》で湖に出ました。そのまわりには、廷臣《ていしん》たちの小舟《こぶね》の群《む》れがつきしたがっていました。湖のまんなかまできたとき、お姫さまは、大法官《だいほうかん》の船に、大のなかよしである大法官の娘《むすめ》がいるのを見て、そっちに乗《の》り移《うつ》りたくなりました。王さまは、一家の不幸をかるく扱《あつか》うなどというはしたないまねは、めったになさいませんでしたが、このときはたまたま、とりわけ上機嫌《じょうきげん》だったので、二艘《そう》の船が近づいたときに、お姫さまを抱《だ》き上げて、大法官《だいほうかん》の船にむかって投げようとしました。ところが、その前に体勢《たいせい》を崩《くず》して転《ころ》び、娘《むすめ》を抱いた手を放《はな》してしまったのです。もっとも、手を放したのは、王さまがすでに下向きの運動を開始したあとでしたので、お姫さまにも下向きの力が分《わ》け与《あた》えられました。ただし、その方向は少し違《ちが》っていて、王さまは船の中へ、お姫さまは水の中へと転落《てんらく》しました。

お姫さまはうれしそうな笑《わら》い声《ごえ》を爆発《ばくはつ》させて、湖の中へ姿《すがた》を消しました。まわりの小舟《こぶね》から、恐怖《きょうふ》の叫《さけ》びがあがりました。みんなはそれまで、お姫さまが落ちるのを見たことがなかったのです。次の瞬間《しゅんかん》には、男たちのうちの半分が水にもぐっていました。しかし、じきにみんな息が続かなくなり、一人、また一人と、全員が水の上にもどってきた、ちょうどそのとき——はるか先から、パシャパシャ、ザブンという音とともに、お姫さまの楽しげな笑い声が響《ひび》いてきました。見るとお姫さまは、まるで白鳥のように泳いでいました。そして、王さまとお妃《きさき》さまのほうへも、大法官《だいほうかん》と娘《むすめ》のほうへも、やってこようとはしませんでした。その態度《たいど》は、まったく断固《だんこ》としていました。

しかしお姫さまは、断固《だんこ》としていただけでなく、ふだんより落ち着いているようにも見えました。たぶんそれは、笑《わら》ってなんかいられないほど喜びが大きかったせいでしょう。とにかく、このときからというもの、お姫さまは水にはいることに熱中《ねっちゅう》し、水の中にいればいるほど美しくなり、ふるまいもいくらかしとやかになりました。夏でも冬でもそれはおなじでしたが、みんなが氷を割《わ》ってくれないと水にはいれないような日には、あまり長くつかってはいられませんでした。

夏にはもう朝から晩《ばん》まで、遠くの青い水の上にぽっちりと白いものが見えたと思うと、それがお姫さまなのでした。お姫さまは雲の影《かげ》のように静かに浮《う》かんでいることもあれば、イルカのようにすいすいと泳ぎ、姿《すがた》を消したと思うと、びっくりするほど遠くにぱっと現《あらわ》れたりすることもありました。思いどおりになるのなら、お姫さまは、夜になっても湖ですごしたことでしょう。お姫さまの部屋《へや》のバルコニーは、深いよどみの上に張《は》り出しており、そこから葦《あし》の生《は》えた浅《あさ》い水路を通っていけば、ひろびろとした湖に出られて、抜《ぬ》け出してもだれも気がつくはずはなかったからです。実際《じっさい》、月の明るい晩に目をさましたときなど、お姫さまはそうしたくてそうしたくて、我慢《がまん》ができないほどでした。しかし悲しいことに、それにはまず水にはいらなくてはならず、それがお姫さまにはむずかしい問題だったのでした。

子どもの中には水を怖《こわ》がる子がときどきいますが、お姫さまはちょうどそんな具合《ぐあい》に、空気をひどく怖がっていました。ほんのちょっとでも風が吹《ふ》いたら、お姫さまは吹き飛ばされてしまいますし、風はいつ吹くか、油断《ゆだん》も隙《すき》もならないのです。それに、身体《からだ》に勢《いきお》いをつけて水のほうへむかっても、水面にたどりつくのに失敗《しっぱい》したら、風があろうとなかろうと、おそろしく困《こま》った羽目《はめ》におちいります。つまり、たとえ吹き飛ばされなくても、だれかが見つけて窓《まど》から釣《つ》り上げてくれるまで、ねまきのままでふわふわと浮《う》いていなくてはならないのです。

「ああ！　あたしにも重さがあるといいのに」と、お姫さまは水を見つめながら思いました。「そしたら、大きな白い海の鳥みたいに、バルコニーからぱっと飛んで、あのすて

きな水の中へまっさかさまに飛びこむんだけど。あーあ!」

このときだけはお姫さまも、ほかの人たちとおなじようになりたいと思うのでした。

お姫さまが水が好きだったのは、水の中にいるときだけは自由が楽しめるからでもありました。お姫さまが散歩《さんぽ》に出るときには、風にさらっていかれたりしないように、軽騎兵《けいきへい》をまじえたお供《とも》の一団《いちだん》につきそってもらわなくてはなりませんでした。王さまは歳《とし》を取るとともにますます心配症《しんぱいしょう》になっていて、とうとうお姫さまは、ドレスに二十本もの絹《きぬ》のひもをつけて、その端《はし》を二十人の貴族《きぞく》に握《にぎ》ってもらわないかぎり、散歩に出してもらえなくなってしまいました。もちろん馬に乗るなどというのはもってのほかでした。しかし、水の中にはいりさえすれば、そんな仰々《ぎょうぎょう》しい供《とも》まわりにさよならすることができたのです。

水がお姫さまにおよぼす影響《えいきょう》がこんなにも大きく、とりわけ、水の中にいるときだけはふつうの人間の重さがもどってくるのを見て、ハム・ドラムとコピー・ケックは、お姫さまを三年間土の中に生《い》き埋《う》めにするようにと、そろって王さまに進言《しんげん》しました。水がそんなにきくのなら、土はもっときくだろうと考えたからです。しかし王さまは、実験《じっけん》というものに対して時代遅《じだいおく》れな偏見《へんけん》を持っていたので、やってみることを許可《きょか》しようとはしませんでした。

がっかりした二人は、また相談をまとめて、別の案《あん》を持ち出しました。その案は、一人が中国から仕入《しい》れ、もう一人はチベットから仕入れた考えにもとづくものでしたから、非常《ひじょう》に注目すべき案に違《ちが》いありませんでした。二人は、外なる水を外側《そとがわ》から投与《とうよ》するのがこれほど有効《ゆうこう》であるとしたら、より深きところから湧《わ》きいずる水は、完全なる治癒《ちゆ》をもたらすであろう、と主張《しゅちょう》しました。簡単《かんたん》に言うならば、不幸な運命にある哀《あわ》れなお姫さまを、なんらかの手段《しゅだん》によって泣かすことができたら、重さがもどってくるだろうというのです。

しかし、どうすればそんなことができるでしょうか？　それこそが難問《なんもん》中の難問で、そこに至《いた》っては、哲学者《てつがくしゃ》たちの知恵《ちえ》も種《たね》切れでした。お姫さまを泣かせるのと、重さをとりもどすのとは、おなじように不可能《ふかのう》なことでした。そこでみんなはプロの乞食《こじき》を召《め》し出し、同情《どうじょう》をひくのにいちばん効果的《こうかてき》な、悲しい話をするようにと命じました。そして、仮装舞踏会《かそうぶとうかいよう》用の衣裳箱《いしょうばこ》から何でも出して着るようにと言い、成功《せいこう》したらどっさりほうびをやると約束《やくそく》しました。しかし、すべてはむだでした。お姫さまは、乞食界《こじきかい》の芸術家《げいじゅつか》とも言うべきこの男の嘆《なげ》きに耳を傾《かたむ》け、その見事《みごと》な仮装《かそう》に目を丸くしていましたが、とうとう我慢《がまん》ができなくなり、苦しくてたまらないと言わんばかりに、なりふりかまわず身体《からだ》をよじり、金切《かなき》り声《ごえ》をあげて笑《わら》いころげました。

やっと少し気を取り直したお姫さまは、侍女《じじょ》たちに命じて、銅貨《どうか》一枚恵《まいめぐ》んでやらずに、男を追《お》い払《はら》いました。しかし、そんな仕打《しう》ちにはそれなりのむくいがあるもので、誇《ほこ》りを傷《きず》つけられた男が恨《うら》めしそうににらむのを見たお姫さまは、また猛烈《もうれつ》に笑《わら》いはじめ、その笑いの発作《ほっさ》からなんとか回復《かいふく》するまでには、ずいぶん長くかかりました。つまり男は、仕《し》返《かえ》しに成功《せいこう》したわけです。

王さまは、学者たちの提案《ていあん》を、なんとかして試《ため》してみたいと思い、ある日、まずかんかんに腹《はら》を立てておいてから、お姫さまの部屋《へや》へかけあがり、鞭《むち》でさんざん打ちこらしてみました。しかし、涙《なみだ》は一滴《てき》も流れませんでした。お姫さまの表情《ひょうじょう》はかげり、笑《わら》い声《ごえ》はいつになく悲鳴《ひめい》のように響《ひび》きましたが、それだけでした。お人好《ひとよ》しの暴君《ぼうくん》は、いちばん上等な金縁《きんぶち》のめがねをかけてよくよく見ましたが、晴れわたった青空のようなお姫さまの目には、雲のかけらさえ見つかりませんでした。

9　もどしてよ

ちょうどそのころ、このラゴベル――「美しい湖」という意味の名前です――から千マイル*離《はな》れたところの、ある王さまの息子《むすこ》が、どこかのお妃《きさき》さまの娘《むすめ》を見つけようと、旅に出ました。王子さまははるばると旅を続けましたが、お姫さまが見つかったと思うと、決まってそれといっしょに欠点《けってん》も見つかるのでした。どんなに美しくても、ふつうの娘ではもちろん結婚相手《けっこんあいて》にはなりませんし、お姫さまたちのうちには、王子さまにふさわしいような人は、ただの一人もいなかったのです。この王子さまが、そんなに完全な相手を求め

---

*　一マイルは、約一・六キロメートル。

る権利《けんり》があるほど完全な人だったのかと聞かれても、私にはなんとも言えません。私にわかるのは、王子さまというのがみんな立派《りっぱ》で、ハンサムで、勇敢《ゆうかん》で、心が広く、育ちがよく、礼儀《れいぎ》正しい若者ばかりであるとしたら、この王子さまも例外《れいがい》ではなかったということだけです。

旅をしているあいだに、王子さまは、私たちのお姫さまについての噂《うわさ》を耳にしました。しかし、お姫さまは魔法《まほう》のとりこになっているという噂でしたので、王子さまは、自分がそのお姫さまの魅力《みりょく》のとりこになることはあるまいと思っていました。重さをなくしたお姫さまなんかに、何の用があるでしょう。そんなお姫さまでは、次にまた何をなくすか、わかったものではありません。今度は目に見える色や形をなくすかもしれませんし、さわった感触《かんしょく》をなくすかもしれません。簡単《かんたん》に言うなら、目とか耳とかいった基本的感覚器官《きほんてきかんかくきかん》に働きかける力をすべて失い、死んでしまったか、生きているかさえ、わからなくなるかもしれないのです。そんなお姫さまのことなど、考えるだけむだに決まっています。

ある日、王子さまは、深い森の中でお供《とも》の者たちを見失《みうしな》いました。森というのはとても便利《べんり》なもので、穀粒《こくつぶ》ともみがらを選《よ》り分《わ》けるふるいのように、王子さまたちを家来《けらい》たちから引《ひ》き離《はな》してくれます。それでこそ王子さまたちは、自分の運を試《ため》しに出かけられるわけです。この点、王子さまたちは、ほんのちょっと楽しんでみる暇《ひま》さえなしにお嫁《よめ》にやられてしまうお姫さまたちよりも、恵《めぐ》まれています。お姫さまたちだって、ときには森で迷子《まいご》になれたら、どんなにいいでしょう。

さて王子さまは、何日もさまよったあげく、ある美しい夕方に、森のはずれにたどり着きました。それがわかったのは、木がまばらになって、そのすきまから夕日が見えたからでした。やがて王子さまは、ヒースの生《は》えた荒《あ》れ地《ち》のようなところに出ました。しばらく行くと、人里《ひとざと》の近くらしいところに来ましたが、もう遅《おそ》かったので、道を教えてもらおうにも、人《ひと》っ子《こ》一人《ひとり》見えませんでした。

さらに一時間ほど行くと、食べものもなしに歩き続けてへとへとになった馬が倒《たお》れ、起き上がれなくなってしまいました。そこで王子さまは、歩いて旅を続けることにしました。しばらく行くと、また森にさしかかりましたが、今度は自然のままの森ではなく、人の手のはいった森で、その中を縫《ぬ》う小道をたどっていくと、やがて湖の岸に出ました。闇《やみ》は次第《しだい》に深くなってきましたが、王子さまはそのまま小道に沿《そ》ってどんどん歩いていきました。

やがて王子さまは、ふと立ち止まって、耳をそばだてました。水を渡《わた》って、不思議《ふしぎ》な物音が響《ひび》いてきたのです。じつはそれは、お姫さまの笑《わら》い声《ごえ》でした。前にもちょっとお話ししましたが、お姫さまの笑い声にはいくらか変なところがありました。なぜなら、本物の心からの笑いというものは、重力《じゅうりょく》をかけて卵《たまご》のように温《あたた》めないと、殻《から》を割《わ》って生まれてきてはくれないものだからです。とにかくそのせいで王子さまは、お姫さまの笑い声を、悲鳴《ひめい》だと思いこんだのでした。湖を見渡《みわた》すと、水の中に何か白いものが見えました。王子さまは急いで上着を脱《ぬ》ぎ、サンダルを蹴《け》り捨《す》てて、水の中に飛びこみました。そしてじきに、その白いものに泳ぎつきましたが、見るとそれは女の人でした。あたりはもう暗かったので、お姫さまだとまではわかりませんでしたが、身分の高い女の人だということくらいはわかりました。そういうことは、ろくに光がないところでだって、結構《けっこう》わかるものです。

さて、どうしてそんなことになったのか――お姫さまが溺《おぼ》れるふりをしたのか、王子さまがお姫さまをおびえさせたのか、それとも、抱《だ》きかかえられたお姫さまが当惑《とうわく》したせいか――はわかりませんが、王子さまに引《ひ》っ張《ぱ》られて岸に着いたときのお姫さまは、泳ぎの達人《たつじん》と名乗るには恥《は》ずかしいありさまでしたし、実際《じっさい》、こんなに溺《おぼ》れそうな目にあったのははじめてでした。なにしろ、しゃべろうとすると、そのたびにのどに水がはいってきて、どうしようもなかったのです。

王子さまがお姫さまを引《ひ》っ張《ぱ》ってきたあたりでは、岸の高さは、水面からほんの一、二フィートしかありませんでした。そこで王子さまは、お姫さまを岸に上がらせようとして、力いっぱい水から押《お》し上げました。ところが、身体《からだ》が水から離《はな》れるやいなや、重さがなくなってしまったので、お姫さまはそのまま宙《ちゅう》に舞《ま》い上がり、かんかんに怒《おこ》って金切《かなき》り声《ごえ》をあげました。

「何するのよ。ひどいったらないわ、この悪党《あくとう》!」と、お姫さまは叫《さけ》びました。

これまで、お姫さまをこんなにかんかんに怒《おこ》らせた人は、どこにもいませんでした。お姫さまが空中に昇《のぼ》っていくのを見た王子さまは、自分が魔法《まほう》にかかってしまって、大きな白鳥を女の人と見まちがえたのだと思いました。お姫さまは、見上げるような樅《もみ》の木のてっぺんまで昇ったところで、なんとか、いちばん上についていた実をつかみました。その実はたちまちぽろりと取れてしまいましたが、お姫さまはすぐまた別のをつかみ、まるで樅の実を収穫《しゅうかく》しているみたいに、取れたのをばらばらと落としながら、なんとかそこで止まりました。

そのあいだ王子さまのほうは、岸に上がるのも忘《わす》れて水の中に突《つ》っ立ったまま、ぽかんとそれをながめていました。しかし、じきにお姫さまの姿《すがた》が見えなくなったので、岸に上がって、木の下まで行ってみました。するとお姫さまは、一本の枝《えだ》を伝って幹《みき》にたどりつこうとしているところでした。しかし、暗い森の中では、この現象《げんしょう》がいったいどういうことなのかはさっぱりわからず、王子さまは頭がくらくらするばかりでした。やがて地面に下りてきたお姫さまは、王子さまがそこにいるのを見ると、つかまえてこう言いました。

「パパに言いつけてやるから。」

「お願いです。やめてください！」と、王子さまは頼《たの》みました。

「絶対《ぜったい》言うわ」と、お姫さまは言い張《は》りました。「あたしを水の中から無理《むり》やり引《ひ》っ張《ぱ》り出して、空のてっぺんまで投げ飛ばすなんて、どうしてこんなにひどいことするの？　あたしはあんたに何もしてやしないのに。」

「すみませんでした。それがご迷惑《めいわく》になるとは思わなかったんです。」

「あんたは脳《のう》みそを持ってないみたいね。脳みそがないのは、重さなんてものがないのより、ずっと悪いわ。お気《き》の毒《どく》さま。」

　このときになってようやく王子さまは、自分が出会ったのが魔法《まほう》にかかったお姫さまだということに気がつきました。しかもその人は、かんかんに怒《おこ》っているようです。王子さまが返事の言葉を思いつくよりも先に、お姫さまは腹立《はらだ》たしげに足踏《あしぶ》みをし、そのせいで、あやうくまた宙《ちゅう》に飛んでいくところでしたが、王子さまの腕《うで》をつかんでいたおかげで、そうはならずにすみました。

「すぐにもどしてよ。」

「もどすって、何をですか、きれいなお嬢《じょう》さん？」と、王子さまはたずねました。

王子さまはとっくに恋《こい》に落ちていたのでした。かんかんになったおかげで、お姫さまはついぞないほど魅力的《みりょくてき》に見えていましたし、王子さまにわかる範囲《はんい》では、何の欠点《けってん》も見つからなかったからです。もっとも、王子さまにわかる範囲はほんの少しでしたし、もちろん、重さが欠《か》けているという欠点《けってん》はあります。しかし、お姫さまを選ぶときに、重さで決めるなどという王子さまが、いったいどこにいるでしょうか？　お姫さまの足の美しさは、それが泥《どろ》の中に残す足跡《あしあと》の深さとは、まったくかかわりがないですものね。

「何をですか、きれいなお嬢《じょう》さん？」と、王子さまは、もう一度たずねました。

「水の中へに決まってるじゃないの、このばか！」と、お姫さまは答えました。

「じゃあ、行きましょう」と、王子さまは言いました。

お姫さまはただでさえ歩くのが苦手《にがて》なのに、ドレスがひどい状態《じょうたい》だったので、王子さまにしがみついて進むしかありませんでした。王子さまはといえば、お姫さまののしり声の音楽が絶《た》え間《ま》なく降《ふ》りそそいでいるにもかかわらず、心地《ここち》よい夢《ゆめ》の中にいるような気がして、目がさめているとはとても信じられずにいました。ですから王子さまは、全然《ぜんぜん》急ぐ気になれず、湖の岸に着いたときには、さっきとは違《ちが》って、岸の高さが少なくとも二十五フィート*はある場所に出ていました。崖《がけ》の縁《ふち》に来たとき、王子さまはお姫さまのほうをむいて言いました。

「どうやって水にもどしてさしあげたらいいでしょう?」

「あたしの知ったことじゃないわ」と、お姫さまはつっけんどんに答えました。「あんたが勝手《かって》に引《ひ》っ張《ぱ》り出したんだもの、ちゃんともどしてちょうだい。」

「わかりました。」王子さまはそう言うと、お姫さまを腕《うで》に抱《だ》いて、岩から飛び下りました。お姫さまは大きな喜びの声をあげましたが、ひと声笑《わら》ったと思うと、もう頭まですっかり水の中に沈《しず》んでいました。水の上にもどっても、お姫さまはすぐには笑えませんでした。あんまり勢《いきお》いよく水の底《そこ》にもぐったので、息ができるようになるまでに、少しひまがかかったからです。水の上に出るとすぐ、王子さまは言いました。

---

* 七、八メートル。

「こんな落ち方《かた》でよろしかったでしょうか？」

お姫さまは少しあえいでから、やっと言いました。

「これが落ちるってことなの？」

「ええ」と、王子さまは答えました。「いまのはなかなかいい見本《みほん》だったと思いますよ。」

「あたしには昇《のぼ》ってるように思えたわ」と、お姫さまは文句《もんく》を言いました。

「たしかに、天に昇《のぼ》っていくような気分でしたね」と、王子さまも認《みと》めました。

お姫さまには王子さまの言葉の意味がわからなかったらしく、今度は自分のほうから、さっきの問いを相手に返しました。

「あんたは、いまの落ち方、どうだった？」

「最高でした」と、王子さまは答えました。「こんなにすばらしい方《かた》と落ちるのは、生まれ落ちてこのかた、はじめてですから。」

「やめて。うんざりするわ」と、お姫さまは言いました。

たぶんお姫さまは、お父さんに似《に》て、だじゃれがきらいだったのでしょう。

「じゃあ、落ちるのはおきらいですか?」と、王子さまはたずねました。

「こんなにおもしろいこと、生まれてはじめてよ」と、お姫さまは答えました。「あたし、落ちたことなかったんですもの。できるようになるといいのに。お父さまの王国じゅうで、あたしだけ、落ちられないなんて!」

こう言いながらお姫さまは、悲しそうと言ってもいいほどの顔をしました。

「よろしかったら、いつでもお好きなときに、いっしょに落ちてさしあげますよ」と、王子さまは親切に申《もう》し出ました。

「ありがとう。どうかしら。いいことではないかもしれないわね。でも、かまやしないわ。とにかく落ちたんだから、いっしょに泳ぎましょうよ。」

「喜んで」と、王子さまは答えました。

二人はさっそく泳ぎだし、もぐったり、ぷかぷか浮《う》いたりして遊びましたが、やがて岸のほうで叫《さけ》び声《ごえ》がして、あっちこっちで灯《ひ》がちらちらしはじめました。もうずいぶん遅《おそ》くなっており、月は出ていませんでした。

「あたし、帰らなくっちゃ」と、お姫さまは言いました。「残念だわ。こんなにおもしろいのに。」

「ぼくもです」と、王子さまは答えました。「でもぼくは、うれしいことに、帰る家がないんです――というか、家がどこにあるのか、わからないんです。」

「あたしもそうだといいのに」と、お姫さまは言いました。「ほんとにばかげてるわ！　そうだ、あたし」と、お姫さまは言葉を続けました。「みんなをだましてやるわ。どうしてみんな、あたしをほっとくってことができないのかしら？　ただのひと晩《ばん》だって、湖にいさせてくれないのよ！――ほら、あっちに緑色の灯《ひ》があるの、わかる？　あれ、あたしの部屋《へや》の窓《まど》なの。あんたがあそこまで音を立てないようについてきて、バルコニーの真《ま》下《した》に着いたら、ほら、さっきやったみたいにあたしを押《お》して、上《うえ》っていうほうへ行かせてくれたら、あたし、バルコニーにつかまって、窓からはいれるわ。そしたらみんな、明日《あした》の朝まで探《さが》しまわってることでしょうよ！」

「喜んで、とはいきませんけど、仰《おお》せに従《したが》いますよ。」王子さまはいんぎんにそう言い、二人はひっそりと泳いでいきました。

「明日《あした》の晩《ばん》も、湖にいらっしゃいますか?」と、王子さまは、思い切ってたずねてみました。

「ええ、もちろんよ。行かないと思うけど。たぶんね」と、お姫さまはちょっとおかしな返事をしました。

しかし王子さまは、とても頭のいい人でしたから、それ以上うるさく聞いたりはせず、お姫さまを押《お》し上げて別れるときに、「黙《だま》っててくださいね」とささやくだけにしました。それに対してお姫さまは、いたずらっぽい目つきをしてみせただけでした。お姫さまはもう王子さまの頭よりも、一ヤード*も高いところにいました。その目つきは、「心配いらないわ。こんなおもしろいこと、しゃべっちゃ、もったいないもの」と言っているかのようでした。

＊　一ヤードは、約九十センチメートル。

水の中ではふつうの人間と少しも違《ちが》わなかったお姫さまが、ゆっくりと宙《ちゅう》へ昇《のぼ》っていき、バルコニーにつかまり、窓《まど》の中へ消えていくのを見たときには、この王子さまといえども、自分の目を疑《うたが》ってみずにはいられませんでした。王子さまは、すぐそばにまだお姫さまがいるのではないかと思って、振《ふ》り返《かえ》ってみました。しかし、水の中にいるのは自分一人でした。そこで王子さまは静かに泳いでもどり、岸辺《きしべ》のあちこちで灯《ひ》が動きまわっているのをながめました。灯は、お姫さまが安全に部屋《へや》にもどってからも、何時間もうろうろしていました。

灯《ひ》が消えるとすぐに王子さまは岸に上がり、しばらく探《さが》しまわった末に、上着と剣《けん》を見つけました。それから、なんとか道を探して、湖の対岸まで歩いていきました。そのあたりの森は深く、岸も切り立っていて、そのまま湖を囲む山へとつながっていました。実際《じっさい》、湖のまわりはどっちを見ても山で、そこからは幾筋《いくすじ》もの銀色の流れが、朝から晩《ばん》まで、そしてまた朝が来るまで、絶《た》え間《ま》なく歌い続けながら湖にそそぎこんでいました。王子さまはじきに、お姫さまの部屋《へや》の緑色の灯が見える場所を見つけました。そこなら、たとえ真《ま》

昼《ひる》であろうと、対岸の人々に見つかる心配はなさそうでした。そこは岩穴《いわあな》のようになっており、王子さまはその中に枯《か》れ葉《は》で寝床《ねどこ》を作って横になりました。おなかはすいていましたが、すっかりくたくただったので、眠《ねむ》れないことはありませんでした。夢《ゆめ》の中で王子さまは、一晩じゅうお姫さまと泳ぎまわっていました。

10　ほら、お月さま

翌朝早《よくあさ》く、王子さまは食べものを探《さが》しに出かけましたが、じきに森番の小屋を見つけてなんとかすることができました。それからもずっと、そこへ行きさえすれば、勇敢《ゆうかん》な王子さまが必要とするくらいのものは、ちゃんと手に入りました。当面《とうめん》生きていけさえすれば、王子さまは、いずれ困《こま》るかもしれないことまでも気にしたりはしませんでした。取《と》り越《こ》し苦労《ぐろう》が顔を出したときには、常《つね》に王子さまらしい丁重《ていちょう》な態度《たいど》で、さっさとお引き取りを願いました。

王子さまが朝ごはんをすませて、見張《みは》り場《ば》の岩穴《いわあな》にもどってみると、お姫さまはとっくに、王さまとお妃《きさき》さま——冠《かんむり》を見れば、すぐにわかりました——や、きれいな小舟《こぶね》に乗ったたくさんの廷臣《ていしん》たちにつきそわれて、湖に浮《う》かんでいました。舟《ふね》にはそれぞれ色あざやかな天蓋《てんがい》がついていて、まるで虹《にじ》のようでしたし、旗《はた》や吹《ふ》き流《なが》しにいたっては、虹よりももっと色とりどりでした。とてもいいお天気だったので、王子さまはじきに暑さで干上《ひあ》がってしまい、冷たい水と、涼《すず》しい顔のお姫さまが、恋《こい》しくてたまらなくなりました。しかし、夕方までは我慢《がまん》するしかありませんでした。小舟には食べものや飲みものがちゃんと積んであったので、この陽気な一団は、日が沈《しず》むころになるまで、いっこうに引《ひ》き揚《あ》げようとはしなかったのです。

王さまとお妃《きさき》さまの船《ふね》が帰っていくと、小舟《こぶね》の群《む》れも次々にそのあとを追って岸にむかい、とうとう、明らかにお姫さまのものらしい舟が、たった一艘《そう》残るばかりとなりました。しかしお姫さまは、まだ帰る気にならないらしく、どうやら、自分を乗せずに帰るようにと、舟の者に命令しているらしい様子《ようす》でした。とにかく、舟はじきにこぎ去っていき、華《はな》やかなながめをくりひろげていた一団の名残《なごり》は、ただ一つ、小さな白い点だけになりました。そこで王子さまは、歌を歌いはじめました。
それはこんな歌でした――

うるわしき
白鳥の君
くすしきは
君がまなざし
まなざしの
その力もて
夜のとばりを
しりぞけたまえ

輝《かがや》ける
雪の腕《かいな》よ
わが姫の
オールとなりて
ゆるやかに
水を押《お》し分《わ》け
姫をこなたに
渡《わた》らせたまえ

水面《みなも》には
白銀《しろがね》の波
わが姫の
あとをしたいて

どこまでも
長く尾《お》を引く
白銀の波

湖の
水の青さよ
わが姫に
たえずまつわり
冷たいキスを
あかずささげる
水の青さよ

悲しきは

姫をはなれて
岸辺《きしべ》へと
打ちよせる波
うれしきは
キスのなごりを
わがもとに
運びくる波

王子さまがこの歌を歌い終わらないうちに、お姫さまは王子さまがすわっている場所の真下《ました》まで来て、上を見上げ、王子さまがいるのを見つけました。声が道しるべになったので、まっすぐに来られたのです。

「また落ちてみますか、お姫さま?」と、王子さまは下を見て言いました。

「ああ、そこにいたのね! お願いしたいわ、王子さま」と、お姫さまは上を見て言いました。

「ぼくが王子だということを、どうしてごぞんじなんですか、お姫さま?」と、王子さまはたずねました。

「だって、あなたって、とってもすてきなんですもの、王子さま」と、お姫さまが答えました。

「じゃあ、上がってきてください、お姫さま。」

「引《ひ》っ張《ぱ》り上げてちょうだい、王子さま。」

王子さまはスカーフをはずし、剣《けん》を吊《つ》っていたベルトをはずし、上着《うわぎ》を脱《ぬ》ぎ、それを全部つなぎあわせて、下へたらしました。しかし、長さが全然《ぜんぜん》たりませんでした。そこで、ターバンをほどいてつぎたしましたが、それでもほんのちょっとたりず、財布《さいふ》までつないで、やっと間《ま》に合《あ》いました。お姫さまは、財布の底《そこ》がお金でふくらんでいるところをやっとつかみ、次の瞬間《しゅんかん》には王子さまのそばに来ていました。この岩はゆうべの岩よりもずっと高かったので、飛びこむと、ものすごい水音がして、水底深《みなそこ》くまでもぐっていくことができました。お姫さまは有頂天《うちょうてん》になってうれしがり、二人はこの上なくいい気持ちで泳ぎまわりました。

二人は毎晩《まいばん》のように会って、澄《す》みきった暗い湖を泳ぎまわりました。王子さまも湖にいるとうれしくてたまらず、お姫さまのものの見方が伝染《でんせん》したせいか、それとも頭の中身が抜《ぬ》けてかるくなってしまったせいか、水の中ではなく天を泳いでいるような気がしてなりませんでした。でも、王子さまが、まるで天国にいるようだと言うと、そのたびにお姫さまは、とめどもなく笑《わら》いころげました。

お月さまが顔を出すようになって、二人の喜びには新しいものが加わりました。月の光に照《て》らされると、何もかもが見慣《みな》れない、不思議《ふしぎ》なものに変わります。古色蒼然《こしょくそうぜん》としていながら、同時に真新《まあたら》しいみずみずしさそのもののような、とても不思議な感じです。そろそろ満月《まんげつ》というころになって、二人はまた、新しい大きな喜びを見出しました。まずは、深く深く水にもぐり、そこでくるっと向きを変えて上を見ます。すると頭の上では、大きな光のかたまりが、ゆらゆら、ちらちら、ふわふわとたゆたい、大きくなったり、小さくなったり、ほどけて消えそうになったり、また一つになったりしています。そして二人が、その光のまんなかめがけてしゅっと浮《う》かび上がると、ほら、くっきりと丸く、涼《すず》しげで、すばらしく美しいお月さまが、遠い空の上から二人を見下ろしています。でもお姫さまは、お月さまがいるのは、二人のいる湖よりももっと深く、もっと青い湖の底《そこ》なんだと言《い》い張《は》りました。

やがて王子さまは、水の中にいるときのお姫さまは、ふつうの人間とそう変わらないことに気がつきました。それに水の中だと、岸の上にいるときみたいに無遠慮《ぶえんりょ》な質問《しつもん》をしたり、人をばかにした返事をしたりすることもないようでした。やたらに笑《わら》ってばかりというこ ともなく、笑うときでも、その笑いはずっとおだやかでした。要《よう》するに、水の中にいるときのほうが、お姫さまはずっと優《やさ》しく、しとやかになるのでした。しかし、最初に湖に落ちたときに、もう恋《こい》に落ちていた王子さまが、自分の思いを打ち明けようとすると、お姫さまは決まって王子さまのほうを見て笑いました。しばらくするとお姫さまは、王子さまが何か言いたがっていることはわかるし、理解《りかい》しようともしているのだけれど、どう

もよくわからないと言いたそうな、当惑《とうわく》した表情《ひょうじょう》を見せるようになりました。しかし、湖を出るやいなや、また、すっかり様子《ようす》が変わってしまうので、王子さまは自分にこう言い聞かせました。「お姫さまと結婚《けっこん》したら、仕方がないから、二人とも人魚《にんぎょ》になって、海へ行って暮《く》らすんだろうな。」

11　シューッ！

お姫さまは、湖ですごす楽しさにすっかり夢中《むちゅう》になって、いまでは一時間とそこを離《はな》れては暮《く》らせないほどでした。ですから、ある晩《ばん》、王子さまといっしょに飛びこんで、突然《とつぜん》、湖が以前ほど深くないのではないかという疑《うたが》いに襲《おそ》われたとき、お姫さまがどれほどうろたえたか、想像《そうぞう》してみてください。

王子さまには何が起こったのやら、さっぱりわかりませんでした。お姫さまはさっと水面に浮《う》かび上がると、ものも言わずに、岸がそびえ立っているほうをめざして、全速力《ぜんそくりょく》で泳いでいったのです。王子さまは、いったいどうしたのか、どこか具合《ぐあい》でも悪いのかとたずねながら、そのあとを追っていきました。お姫さまは振《ふ》り返《かえ》らず、王子さまの言葉に気がついている様子《ようす》さえありませんでした。岸に着くと、お姫さまは崖《がけ》に沿《そ》って泳ぎながら、くわしく調べてみました。しかし、お月さまはもう小さくなっていたので、よく見るには光が足《た》りず、はっきりとはわかりませんでした。そこでお姫さまは、くるっと向きを変えて、ひとことの説明もせず、それどころか、王子さまがそばにいることさえ忘《わす》れてしまったかのように、さっさと家へ帰ってしまいました。王子さまはすっかり当惑《とうわく》し、暗い気持ちで岩穴《いわあな》にもどりました。

次の日、お姫さまはあちこちを調べてみましたが、悲しいことに、心配は当たっているようでした。岸は乾《かわ》きすぎていましたし、土手《どて》の草や岩にからんだ蔦《つた》かずらはしなびかけていました。お姫さまは岸にぐるりと印《しるし》をつけさせ、風向《かざむ》きも考えに入れながら、毎日観《かん》察《さつ》を続けましたが、その結果、恐《おそ》ろしい発見はたしかな事実となりました。湖の水かさは、ゆっくりと減《へ》り続けていたのでした。

あわれなお姫さまは、なんとか持《も》ちあわせていたちっぽけな魂《たましい》すら、見失《みうしな》ってしまいそうになりました。この世の何よりも深く愛していた湖が、こうして目の前で死んでいくのを見るのは、たまらなく恐《おそ》ろしいことでした。湖はゆっくりと減《へ》り、小さくなってきていました。以前には見えなかった岩のてっぺんが、透《す》き通《とお》った水の底《そこ》深く頭をのぞかせはじめました。いくらもしないうちに、その岩のてっぺんは、お日さまに照《て》らされて乾《かわ》いていました。このままいくと、じきに泥《どろ》が見えてきて、やがてはそれがお日さまに焼かれてひび割《わ》れ、きれいな生きものたちは残らず死に絶《た》え、醜《みにく》い生きものたちがうごめきだして、すべてがこの世の終わりのようになることでしょう。考えただけでもぞっとします。それに、湖がなくなったら、お日さまはどんなに暑くなることでしょう！　お姫さまはもう泳ぐ気にもなれず、やつれはじめました。お姫さまの命は、どうやら湖と深くつながっているらしく、湖の水かさがどんどん減ると、それにつれてお姫さまもどんどんやつれていくのでした。みんなは、湖がなくなったが最後、お姫さまは一時間とは生きていられないだろうと話し合いました。

それでもお姫さまは泣きませんでした。

王国じゅうに、湖の水が減《へ》る原因《げんいん》を発見した者には、莫大《ばくだい》なほうびを取らせる、というおふれが出されました。ハム・ドラムとコピー・ケックは、物理学《ぶつりがく》と哲学《てつがく》のありったけを動員《どういん》しました。しかし、むだでした。この二人でさえも、事のよってきたる由縁《ゆえん》に見当《けんとう》をつけることさえできなかったのです。

じつを言うと、この悪事の背後《はいご》にいたのは、年取った王女でした。自分の姪《めい》が、水の中で、水の外にいるだれよりも楽しい思いをしていると聞いたとき、王女はかんかんに腹《はら》を立て、そこまで先を読んでいなかった我《わ》が身《み》を呪《のろ》いました。

「ふん」と、王女は言いました。「いまに見ているがいい。王もほかの連中《れんちゅう》も、みんなまとめて干《ほ》し殺《ころ》してやるからね。たとえ私がこの復讐《ふくしゅう》をやりそこなうとしても、その前に、連中の脳《のう》みそは頭蓋骨《ずがいこつ》の中でじゅうじゅう煮《に》えてることったろうよ。」

王女はそう言うと、そばにいた黒猫《くろねこ》の背中《せなか》の毛が恐怖《きょうふ》のあまりぴんと逆立《さかだ》つほどの、獰《どう》猛《もう》きわまりない笑《わら》い声《ごえ》をあげました。

王女は部屋《へや》にあった古い櫃《ひつ》のところへ行くと、それを開けて、中から干《ひ》からびた海草のようなものを取り出し、それを水桶《みずおけ》の中に入れました。そしてその上から何かの粉《こな》を振《ふ》り入れると、素手《すで》で水をかきまわしながら、ぶつぶつとつぶやきはじめました。その言葉はぞっとするほどいやらしく響《ひび》きましたが、その響きよりも意味のほうがもっとおぞましいのでした。それがすむと、王女は桶《おけ》を脇《わき》へどけ、櫃《ひつ》から大きな鍵束《かぎたば》を取り出しましたが、それにはさびた鍵《かぎ》が百ついていて、王女の手が震《ふる》えるにつれて、ガチャガチャと音を立てました。王女は腰《こし》を下ろし、鍵の一つ一つに油を塗《ぬ》っていきました。

そばの桶《おけ》の水は、かきまわすのをやめたあともゆっくりと動き続けていましたが、まだ鍵《かぎ》のほうの仕事が終わらないうちに、その中から何かがぬうっと現《あらわ》れました。それは、巨《きょ》大《だい》な灰色《はいいろ》の蛇《へび》の頭と、胴体《どうたい》の半分でした。しかし王女は振《ふ》り向《む》いてもみませんでした。蛇は桶にはいりきらないくらい大きくなり、頭をゆっくりと前後にゆすっていましたが、やがて王女のところまで届《とど》くようになると、王女の肩《かた》に頭をのせて耳もとで低くシューッと唸《うな》りました。王女は飛び上がりましたが、それは喜んだからでした。蛇の頭が肩にのっているのを見ると、王女はそれを引《ひ》き寄《よ》せて、キスをしました。そして、その身体《からだ》をすっかり桶《おけ》から出して、自分の身体に巻《ま》きつけました。その蛇《へび》こそは、実際《じっさい》に自分の目で見た人はほとんどないという、あの恐《おそ》ろしい怪物《かいぶつ》――闇《やみ》の白蛇《しろへび》のうちの一匹《ぴき》でした。

さて、王女は鍵束《かぎたば》を持って、地下室へ下りていきました。地下室に通じるドアの鍵《かぎ》を開けながら、王女はひとりごとを言いました。

「これでこそ、生きているかいがあるってものさ！」

ドアに内側《うちがわ》から鍵《かぎ》をかけると、王女は石段《いしだん》を少し下りて地下室へはいり、そこを抜《ぬ》けて、暗い狭《せま》い通路に通じる別のドアを開きました。そして、そのドアにも内側から鍵をかけると、また少し石段を下りました。もしだれかあとをつけている人がいたとすれば、この魔《ま》女《じょ》である王女がきっかり百のドアの鍵を開け、そのたびに何段かずつ下りていくのがわかったはずです。最後のドアの鍵を開けると、魔女は大きな洞窟《どうくつ》のようなところに出ましたが、そこの天井《てんじょう》は自然にできた巨大《きょだい》な岩の柱で支《ささ》えられていました。それこそは、湖の底《そこ》の裏側《うらがわ》にある洞窟だったのでした。

魔女《まじょ》は身体《からだ》にからんでいた蛇《へび》をほどき、尾《お》の先を握《にぎ》って頭の上に高くかざしました。蛇が身体をまっすぐに伸《の》ばすと、その頭はなんとか洞窟《どうくつ》の天井《てんじょう》に届《とど》きました。すると、そのおぞましい生きものは、何かを探《さが》そうとするかのように、頭をゆらりゆらりと前後にゆらしはじめました。同時に魔女は、洞窟の中を大きな輪を描《えが》くように歩きはじめ、一周《しゅう》するごとに次第《しだい》に中心に近づいていきました。魔女はそのあいだずっと蛇をかかげていたので、魔女の足が床《ゆか》の上に描いたのとおなじ形が、蛇の頭によって天井に描かれました。そうしながらも、蛇はゆっくりと振《ふ》り子《こ》のように頭をゆらし続けていました。魔女と蛇はぐるぐるとまわりながら、次第に輪を小さくしていきましたが、そのうちに蛇がシュッと伸《の》び上《あ》がって、天井に嚙《か》みつきました。

「よしよし、いい子だ!」と、魔女《まじょ》は叫《さけ》びました。「しっかり飲《の》み干《ほ》してしまうんだよ。」

魔女《まじょ》が手を放しても、蛇《へび》はそのまま天井《てんじょう》にぶらさがっていました。魔女は、洞窟《どうくつ》をまわるあいだもずっとあとについてきていた黒猫《くろねこ》を従《したが》えて、大きな石の上に腰《こし》を落ち着けました。そして、恐《おそ》ろしい呪文《じゅもん》をぶつぶつとつぶやきながら、編《あ》みものをはじめました。蛇は

大きな蛭《ひる》のように天井《てんじょう》の岩を吸《す》い、猫《ねこ》は背中《せなか》を弓のように丸め、尻尾《しっぽ》をぴんと立ててそれを見上げ、年取った魔女《まじょ》は編《あ》みものをしながらぶつぶつとつぶやき、三者三様《さんしゃさんよう》のその姿《すがた》のまま、七日七夜がすぎました。すると突然蛇《とつぜんへび》が、疲《つか》れはてたようにぱたりと天井から落ち、見る見るうちにしなびて、また干《ひ》からびた海草のようになってしまいました。魔女は立ち上がると、それを拾《ひろ》ってポケットに入れ、天井を見上げました。見ると、ちょうど蛇が吸っていたところに、水滴《すいてき》が一つぶらさがって、ぷるぷると震《ふる》えていました。魔女はそれを見るやいなや一目散《いちもくさん》に逃《に》げ出し、猫もあわててそのあとを追いました。

魔女《まじょ》は大急ぎでドアに鍵《かぎ》をかけて恐《おそ》ろしい文句《もんく》をささやき、次のドアまで走っていくと、また鍵をかけてはささやき、おなじようにして百のドア全部に鍵をかけ、やっとのことで、もとの地下室までもどってきました。魔女はいまにも気を失いそうになって、へたへたと床《ゆか》にすわりこみましたが、ほとばしる水の音が百のドアを通してはっきりと聞こえてくると、意地の悪い喜びでいっぱいになりました。

しかし、それではまだ足《た》りません。復讐《ふくしゅう》の味をおぼえてしまった魔女《まじょ》は、すっかり気が短くなっていました。次の手を打たないかぎり、湖はずいぶんたたないと干上《ひあ》がってはくれません。そこで次の晩《ばん》、欠《か》けてしまったお月さまの最後のかけらが顔を出すと、魔女《まじょ》は蛇《へび》をもどした水をびんに詰《つ》め、猫《ねこ》を従《したが》えて出かけました。朝になるまでに、魔女は湖をぐるりと一周《しゅう》し、湖にそそぎこむ流れを渡《わた》るたびに、恐《おそ》ろしい呪文《じゅもん》を唱《とな》えながら、びんの水をポトポトと流れに振《ふ》りかけました。湖をまわり終えると、魔女はもう一度呪文を唱え、ひとすくいの水をお月さまのほうへと投げかけました。すると、国じゅうの泉《いずみ》はとくとくと泡立《あわだ》って湧《わ》くのをやめ、死にかけている人の脈《みゃく》のように弱って消えてしまいました。

次の日には、湖のふちをまわっても、そそぎこむ水の音はさっぱり聞こえなくなっていました。流れは干上《ひあ》がり、黒々とした山肌《やまはだ》を飾《かざ》っていた銀色の滝《たき》も、残らず姿《すがた》を消してしまいました。流れるのをやめたのは、母なる大地から湧《わ》く泉《いずみ》だけではありませんでした。国じゅうの赤ちゃんたちが、お母さんの胸《むね》から湧く泉をなくして、わんわんと泣きわめいていましたが、どの赤ちゃんの目からも、涙《なみだ》は一滴《てき》も出ませんでした。

12　王子さまはどこ?

王子さまは、お姫さまがいきなり帰ってしまったあの晩以来《ばんいらい》、一度もお姫さまに会えずにいました。一度か二度、湖に出ているのを見かけはしましたが、王子さまが見たかぎりでは、夜には全然《ぜんぜん》出てきていないようでした。王子さまは、あの美《うつく》しい水の精《せい》が出てきてくれないかと、歌を歌いながら待《ま》ち続《つづ》けましたが、むだでした。ちょうどそのころお姫さまは、本物の水の精さながらに、湖の水かさが減《へ》るのといっしょにやせ、岸辺《きしべ》が干上《ひあ》がるのといっしょに衰弱《すいじゃく》していたのでした。やがてようやく王子さまも、水かさが変化しているのに気づき、おおいにびっくりして頭を悩《なや》ましました。王子さまには、お姫さまが湖を見捨《みす》てたから湖が死にかけているのか、それとも、水かさが減りはじめたからお姫さまが来なくなったのか、どちらともわかりませんでした。そこで、せめてそのどっちなのかだけでも突《つ》き止《と》めようと、決心しました。

王子さまは変装《へんそう》して宮殿《きゅうでん》へ行き、侍従長《じじゅうちょう》に面会《めんかい》を求めました。身なりがきちんとしていたおかげで、王子さまの願いはすぐにかなえられました。侍従長は、いくらかはもののわかる人だったので、この若者の願いの奥《おく》に、言葉以上の何かがあることを感じ取りました。それに侍従長は、いま持ち上がっている大問題を解決《かいけつ》する糸口は、どこにひそんでいないともかぎらないと考えていました。おかげで王子さまは、願ったとおり、お姫さまの靴磨《くつみが》きの職《しょく》に取り立ててもらうことができたのでした。もっともこのお姫さまは、ほかのお姫さまたちのように靴《くつ》を汚《よご》すことはできないわけで、そんなに楽な仕事を志願《しがん》した王子さまは、なかなか要領《ようりょう》がよかったと言うべきでしょう。

まもなく王子さまは、お姫さまの様子《ようす》について、聞けるかぎりの話を聞いてしまい、居《い》ても立ってもいられなくなりました。気も狂《くる》わんばかりになった王子さまは、毎日のように湖のあたりをさまよいましたが、残っている深みに片《かた》っぱしから飛びこんでしまうと、あとは、全然《ぜんぜん》お呼《よ》びのかからないきれいな靴《くつ》をもうひと磨《みが》きするくらいしか、することはありませんでした。

靴《くつ》がいらないのも道理《どうり》、お姫さまは、死につつある湖が見えないようにカーテンをしめきった部屋《へや》に、じっと閉《と》じこもったままでした。しかし、心に浮《う》かぶ光景《こうけい》は、片時《かたとき》たりともしめだすことはできませんでした。その光景に夜となく昼となくつきまとわれたお姫さまは、湖が自分の魂《たましい》で、それが身体《からだ》の中で干上《ひあ》がりつつあるように感じていました。水がなくなると泥《どろ》が出てきて、魂がどろどろにとけ、それから、死がやってくるのです。心の中で、その恐《おそ》ろしい一部《いちぶ》始終《しじゅう》を、何度となく思い浮《う》かべているうちに、お姫さまは、もう何が何やらわからなくなってしまいました。王子さまのことなどは、すっかり忘《わす》れはてていました。水の中で王子さまとすごすのはとても楽しいことでしたが、水がなければ、王子さまになど、何の用もありません。もっともお姫さまは、お父さんやお母さんのことも、おなじように忘れはてているようでした。

水かさはますます減《へ》ってきました。ところどころに泥《どろ》が顔を出しはじめており、水がはね返してよこす光はちらちらするのに、そこからの光はじっと動かないので、すぐに見分けがつきました。点はやがて面となり、次第《しだい》に広く大きくなり、そこここから岩がのぞき、魚がバタバタしたり、ウナギがのたうったりするようになりました。人々は湖のいたるところにはいりこんで、魚やウナギをつかまえたり、王家《おうけ》の船から落ちたものはないかと探《さが》したりしはじめました。

ついに湖はすっかり消え失《う》せ、特別深かったところがほんのいくつか、まだ干上《ひあ》がらずに残っているだけになりました。

ある日のこと、男の子たちの一群《いちぐん》が、湖のちょうどまんなかにあった、そんな水たまりの縁《ふち》で遊んでいました。それは岩に囲まれた窪《くぼ》みのようなところで、まだ、かなりの深さがありました。のぞきこんでいると、底《そこ》のほうで何かがお日さまの光を反射《はんしゃ》して、黄色く光りました。小さな男の子が飛びこんでもぐり、それを取ってきました。それは黄金《おうごん》の板で、そこには文字が彫《ほ》りつけてありました。子どもたちはそれを、王さまのところへ持っていきました。

板の一方の側《がわ》には、次のような言葉が彫《ほ》ってありました――

死のほかに、死より救《すく》う手立《てだ》てはあらじ
愛こそは死、そこにこそ勇気は宿《やど》る
愛は深き墓穴《はかあな》をも埋《うず》めつくす
波の下にありても、愛は絶《た》ゆることなからん

王さまにとっても、廷臣《ていしん》たちにとっても、これは謎《なぞ》以外の何物でもありませんでした。しかし、板の裏側《うらがわ》には、いくらか説明になることが刻《きざ》まれていました。それはだいたいのところ、次のような内容でした——

「湖が消失《しょうしつ》した場合には、水が流失《りゅうしつ》した穴《あな》を見つけださねばならない。しかし、世の常《つね》の手段《しゅだん》で穴をふさごうとしてもむだである。唯一有効《ゆいいつゆうこう》な方法は、以下のとおりである。——生きた人間の身体《からだ》のみが、流失を止めることができる。その人間は、自由意志《じゆういし》で自《みずか》らを提供《ていきょう》するのでなくてはならず、その命は、湖が満《み》たされたとき、湖によって奪《うば》われるのでなくてはならない。これを守らなければ、犠牲《ぎせい》は何の役にも立たない。もしも国じゅう

に、そのような英雄《えいゆう》が一人も見つからないとすれば、それは、もはや滅《ほろ》びのときが来ているということである。」

13　ここにおります

王さまはこれを読んで、がっくりきてしまいました。それは、国民のだれかを犠牲《ぎせい》にするのがいやだったからではなくて、自分を犠牲にするような人間が見つかろうとは思えなかったからでした。しかし、いまではお姫さまは、じっと横になったきり、湖の水以外は口に入れようとしなくなっていましたし、その水がまた、もはやきれいとは言えない状態《じょうたい》でしたから、ぐずぐずしているわけにはいきませんでした。王さまは、不思議《ふしぎ》な黄金《おうごん》の板に書かれていたことを、国じゅうに発表させました。

しかし、名乗《なの》り出る者はいませんでした。

そのころ王子さまは、このラゴベルへ来る途中《とちゅう》で出会った隠者《いんじゃ》に相談するために、森の奥《おく》まで旅をしていましたので、何日かして帰ってくるまで、このお告《つ》げのことを知りませんでした。

帰ってきて、くわしいことを残らず聞いた王子さまは、腰《こし》を下ろして考えにかかりました――

「ぼくがそれをやらなければ、あの人は死んでしまうだろうし、そうなったら、生きていたって何の意味もない。だから、やったからといって、失うものはないわけだ。あの人のほうは、じきにぼくのことなんか忘《わす》れるだろうから、もとどおり幸せに暮《く》らしていけるだろう。そうなればこの世界は、ずっと美しくて幸福なものになるのだ！――ただしぼくは、それを見るわけにはいかない。」気《き》の毒《どく》な王子さまは、ここでため息をつきました。「あのすばらしく美しい人が、月の光の中で自然の女神《めがみ》みたいに遊びたわむれていたら、湖はどんなにきれいだろうなあ！――しかし、一インチ、*また一インチと溺《おぼ》れていくのは、いやなもんだろうな。ええと、ぼくの場合は――ええと、溺れるのに七十インチ*もかかるわけだ。」ここで王子さまは笑《わら》おうとしましたが、うまくいきませんでした。「でもまあ、長くかかれば、それだけいいこともある」と、王子さまは考え続けました。「そのあいだずっと、あの人にそばについていてもらえるように、取り引きができるんじゃないかな？　そうすれば、もう一度あの人に会えるし、キスだってできるかもしれない。――そうとも。そして、あの人の目を見つめながら死んでいけるわけだ。それなら、死ぬうちにははいらない。少なくとも、死を感じる暇《ひま》なんかないだろう。それに、あの美しい人のために、湖がまたなみなみと満《み》たされていくのを思えば！――よし！　やってやろう。」

王子さまはお姫さまの靴《くつ》にキスして、それを下に置《お》き、王さまの部屋《へや》のあるほうへと急ぎました。行く途中《とちゅう》で王子さまは、センチメンタルになるのは気分の悪いものだから、冗談半分《じょうだんはんぶん》に気楽《きらく》に片《かた》づけることにしようと、決心をかためました。そして、王さまが会計室《かいけいしつ》にいるときにじゃまをするのは死刑《しけい》になりかねないほどの罪《つみ》だと知っていながら、わざとそのドアをノックしました。

＊　一インチは約二・五センチメートル。七十インチは約一七八センチメートル。

王さまはノックを聞いて飛び上がり、かんかんに腹《はら》を立ててドアを開けました。ノックしたのが靴磨《くつみが》きにすぎないと知った王さまは、剣《けん》を抜《ぬ》きました。こんなことをお話しするのは残念なのですが、威厳《いげん》が傷《きず》つけられたと思ったときに、この王さまはふつうこの方法で、王たる尊厳《そんげん》を主張《しゅちょう》するのでした。しかし、王子さまはびくともしませんでした。

「失礼ながら、陛下《へいか》、わたくしは陛下の執事《しつじ》でございます」と、王子さまは言いました。

「執事《しつじ》じゃと！　でたらめを言うな！　何のつもりじゃ?」

「酒倉《さかぐら》の管理《かんり》は執事《しつじ》のつとめ。大樽《おおだる》に栓《せん》をさせていただきます。」

「こいつ、気でも違《ちが》ったのか?」王さまは剣《けん》を構《かま》えながら、わめきました。

「陛下《へいか》の湖が漏《も》れているのに、栓《せん》をすると申《もう》しますか、つめものでふさぐと申しますか、それをやります」と、王子さまは言いました。

王さまはとても腹《はら》を立てていたので、少し頭を冷やしてからでないと、しゃべることも考えることもできませんでした。しかし、考えてみると、当面《とうめん》の非常事態《ひじょうじたい》を打開《だかい》する役に立とうという、ただ一人の男を殺すのは、大変な損失《そんしつ》だということがわかってきました。

それに、この無礼《ぶれい》な男はやがては死んでしまうわけで、王さま自身が手を下したのと結《けっ》局《きょく》はおなじことになるのですから、なおさらです。

「ふむ！」王さまはやっとのことでそう言い、長すぎて扱《あつか》いにくい剣《けん》を、なんとか鞘《さや》におさめました。「それは助かる。ばかなやつじゃな。ワインでも一杯《ぱい》やるか？」

「いいえ、結構《けっこう》です」と、王子さまは答えました。

「よかろう」と、王さまは言いました。「実験《じっけん》にかかる前に、ひとっ走り、両親に会ってくるか？」

「いいえ、結構《けっこう》です」と、王子さまはまた言いました。

「そんなら、すぐに行って、穴《あな》を探《さが》すとしよう。」王さまはそう言って、おつきの者たちを呼《よ》ぼうとしました。

「ちょっとお待ちください、陛下《へいか》。一つ条件《じょうけん》がございます」と、王子さまが口をはさみました。

「何じゃと！」と、王さまは叫《さけ》びました。「条件《じょうけん》となっ！　わしにむかって！　なんと図々《ずうずう》しいやつじゃ！」

「それならご勝手《かって》に」と、王子さまは平然《へいぜん》として言い返しました。「では、わたくしはこれにて失礼つかまつります。」

「悪党《あくとう》め！　袋《ふくろ》に入れて、穴《あな》に詰《つ》めこませてやるわ。」

「いいですよ、陛下《へいか》。」王子さまは、王さまを怒《おこ》らせすぎると、お姫さまのために死ぬ楽しみを奪《うば》われてしまうのではないかと心配になり、いくらか態度《たいど》を改《あらた》めることにしました。「でも、それではお役に立たないんじゃないでしょうか？　思い出していただきたいんですが、お告《つ》げには、自分の意志《いし》で犠牲《ぎせい》になるのでなくてはならない、とあったはずです。」

「おまえは自分の意志《いし》で犠牲《ぎせい》になると言うたはずじゃ」と、王さまは言い返しました。

「条件《じょうけん》つきでならです。」

「またその条件《じょうけん》を言うか！」王さまは大声でどなり、もう一度剣《けん》を抜《ぬ》きました。「さがりおれい！　おまえなんぞにやってもらわんでも、喜んで名誉《めいよ》を引き受ける者は、ちゃんとおるわい。」

「わたくしのかわりをする者が簡単《かんたん》には見つからないということは、陛下《へいか》もよくごぞんじのはずです。」

「ええい、その条件《じょうけん》とは何じゃ?」王さまは、王子さまの言うとおりだと思ったので、唸《うな》るようにたずねました。

「ちょっとしたことです」と、王子さまは答えました。「わたくしは、すっかり水につかってしまうまでは死んではいけないわけですが、それまで待つのはかなり退屈《たいくつ》だと思いますので、お姫さまにいっしょに来ていただいて、お手ずから食べものをいただきたいのです。そして、ときどき元気づけに顔を見ていただければと思います。なんといっても、かなりつらい仕事ではありますからね。水がわたくしの目のところまで来たら、お姫さまはお帰りくださって結構《けっこう》です。そして、哀《あわ》れな靴磨《くつみが》きのことなど忘《わす》れて、お幸せにお暮《く》らしなさいますよう。」

ここまで話したとき、王子さまの声は震《ふる》えました。かたく決心したにもかかわらず、もう少しでセンチメンタルな気分になってしまうところでした。

「そんな条件《じょうけん》なら、どうしてもっと早く言わんのじゃ？　つまらんことで大騒《おおさわ》ぎしおって！」と、王さまは言いました。

「お認《みと》めくださいますか？」と、王子さまは念《ねん》を押《お》しました。

「もちろんじゃ」と、王さまは答えました。

「でしたら、いつでも結構《けっこう》です。」

「そんなら、あっちで昼めしでも食《く》っておれ。すぐにみなをやって、場所を見つけさせよう。」

王さまは衛兵《えいへい》を伝令《でんれい》に出し、役人たちに、すぐに湖の穴《あな》を見つけるようにと伝えさせました。役人たちは湖の底《そこ》を区画《くかく》に分けて、徹底的《てっていてき》に調査《ちょうさ》し、一時間ばかりのうちに穴を発見しました。穴は、とある岩のまんなかにあいており、その岩は、湖のまんなかの、例の黄金《おうごん》の板が見つかったのとおなじ水たまりにあったのでした。穴は三角形をしており、たいした大きさではありませんでした。岩のまわりにはまだ水がありましたが、穴に流れこむ水は、ほんのちょろちょろといった程度《ていど》になっていました。

14 あなたって、とっても親切

王子さまは、王子さまらしく立派《りっぱ》に死ぬ覚悟《かくご》だったので、それにふさわしい服装《ふくそう》に着替《きが》えてきました。

お姫さまは、自分のために死のうという人が現《あらわ》れたと聞いて有頂天《うちょうてん》になり、すっかり弱っていたにもかかわらずベッドから飛び出し、部屋《へや》じゅうを踊《おど》ってまわりました。その人が何者だろうが知ったことではありません。お姫さまには、そんなのはどうでもいいことでした。穴《あな》はふさがなくてはならず、人間を使わないとふさげないというのなら、だれかに頼《たの》むだけのことです。一、二時間のうちに、すべての準備《じゅんび》が整いました。侍女《じじょ》に大急ぎで着替《きが》えをさせてもらったお姫さまは、湖の岸へと運ばれました。湖を目にしたお姫さまは、悲鳴《ひめい》をあげて両手で顔をおおいました。みんなはお姫さまを岩のところまで運びましたが、そこにはすでにお姫さまを乗せる小舟《こぶね》が用意してありました。水は小舟を浮《う》かべるには浅《あさ》すぎましたが、じきに水位《すいい》が上がってくることが期待されていたのです。みんなはお姫さまをクッションの上に寝《ね》かせ、ワインや果物《くだもの》などおいしいものをいろいろと積みこんでから、小舟《こぶね》の上に天蓋《てんがい》を張《は》り渡《わた》しました。

それからまもなく、王子さまが姿《すがた》を見せました。お姫さまはすぐに王子さまだということに気がつきましたが、お礼を言おうなどとは思いつきもしませんでした。

「さあ、参《まい》りました」と、王子さまは言いました。「では、ぼくを穴《あな》に入れてください。」

「靴磨《くつみが》きだって聞いたけど」と、お姫さまは言いました。

「そうなんです」と、王子さまは言いました。「ぼくはあなたの小さな靴《くつ》を、毎日三回ずつ磨《みが》いていました。あなたのもので手に入るものといっては、それだけでしたからね。さあ、穴《あな》に入れてください。」

廷臣《ていしん》たちは、この遠慮《えんりょ》のない言い方をとがめようとはせず、ただ、図々《ずうずう》しい口でもきかないと割《わり》が合わないだろうからな、とささやきあっただけでした。

しかし、この若者を穴《あな》に入れるにはどうしたらいいのでしょう？　黄金《おうごん》の板には、それについての指示《しじ》は何も書かれていませんでした。王子さまは穴を見て、やり方は一つしかないと悟《さと》りました。まず、岩の上に腰《こし》を下ろして両足を穴に入れ、前かがみになって、残った二つのすきまを両手でふさぐのです。それは楽とは言えない姿勢《しせい》でしたが、王子さまはそのかっこうで運命を待とうと決心し、みんなのほうを見て言いました。

「ではもう帰ってください。」

王さまはとっくの昔《むかし》に、食事をしに帰っていました。

「ではもう帰って」と、お姫さまも王子さまのあとについて、オウムのようにくり返しました。

みんなはお姫さまの言葉に従《したが》って、帰っていきました。

やがて岩の上に小波《さざなみ》が立って、王子さまの片膝《かたひざ》をぬらしました。しかし王子さまは、たいして気にかけようともせず、歌を歌いはじめました。それはこんな歌でした――

木下闇《このしたやみ》をほのかに照《て》らす森の泉《いずみ》

それが世界にないとしたら
流れ下るせせらぎの銀のしぶき
それが世界にないとしたら
どこまでもひろがる海の遠い輝《かがや》き
それが世界にないとしたら
日の光を浴《あ》びてきらめく雨のしずく
それが世界にないとしたら
ああ、ぼくの心の星よ
それとおなじなのだ、君の世界は
愛が流れ出すそのときまでは

地の下を流れる水の遠いざわめき
長いさすらいの闇《やみ》をくぐって

こんこんと湧《わ》き出す泉《いずみ》の静かなささやき
岸いっぱいにみなぎって流れ下る大河《たいが》の
たくましい力に満《み》ちた喜びの歌
天にむかって腕《うで》をひろげるブナの梢《こずえ》で
雨粒《あまつぶ》がたえず奏《かな》でる妙《たえ》なる調《しら》べ
楽しげに波立《なみだ》ちさかまく海の
底深《そこふか》く轟《とどろ》く大いなる声
それが世界にないとしたら
ああ、ぼくの魂《たましい》よ
それとおなじなのだ、君の世界は
愛が歌い出すそのときまでは
君のまなざしが水にきらめき

君がこの世の喜びを失わぬよう
ぼくは行く、地の底《そこ》深く
水の輝《かがや》きもその歌声も
闇《やみ》にとざされて届《とど》かぬところへ
愛がぼくを強くしたのだ
ああ、いつか小さな泉《いずみ》となって
君の心の隅《すみ》によみがえることができたら
愛のないその魂《たましい》の
渇《かわ》き干《ひ》からびたその片隅《かたすみ》に

「もう一回歌ってちょうだい、王子さま。退屈《たいくつ》がまぎれていいわ」と、お姫さまは言いました。

しかし王子さまは、すっかり参《まい》っていて、もう歌うことができず、長い沈黙《ちんもく》がそれに続きました。

そのうちやっとお姫さまが、小舟《こぶね》の中に横たわって目をとじたまま、「あなたって、とっても親切なのね、王子さま」と言いましたが、その涼《すず》しい声には何の心もこもってはいませんでした。

「残念ながら、おなじおせじをお返しするわけにはいかないな」と、王子さまは思いました。「それでもやっぱり、この人のためなら死んでも惜《お》しくない。」

また岩の上に小さな波が、一つ、また一つと打《う》ち寄《よ》せてきて、王子さまの両膝《りょうひざ》をぬらしました。しかし王子さまは何も言わず、身じろぎさえしませんでした。お姫さまはどうやら眠《ねむ》ってしまったようで、二時間、三時間、四時間がそのままずぎていきました。王子さまはじっと辛抱《しんぼう》していましたが、内心《ないしん》がっかりせずにはいられませんでした。なぐさめてもらえると思ったあてが、すっかりはずれてしまったからです。

とうとう王子さまは、それ以上我慢《がまん》ができなくなってきました。

「お姫さま!」と、王子さまは言いました。

ところがちょうどそのとき、お姫さまがぱっとはね起きて叫《さけ》びました。

「浮《う》いてる！　浮いてるわ！」

小舟《こぶね》は揺《ゆ》れて、岩にどしんとぶつかりました。

お姫さまがちゃんと目をさまし、熱心に水を見つめているのに元気づけられた王子さまは、もう一度、「お姫さま！」と呼《よ》んでみました。

「なあに？」とお姫さまは、振《ふ》り返りもしないで言いました。

「あなたのお父さんとの約束《やくそく》だと、あなたはぼくの顔を見てくださるはずなんですけど、一度も見てくれませんね。」

「あら、そう？　じゃあ、やらなくちゃだめね。でもあたし、すごく眠《ねむ》いのよ！」

「じゃあ、おやすみなさい。ぼくのことは気にしないで」と、気《き》の毒《どく》な王子さまは言いました。

「あなたってほんとにいい人ね」と、お姫さまは答えました。「あたし、もう眠《ねむ》ってしまいそうよ。」

「その前に、ワインを一杯《ぱい》と、ビスケットを一つ、いただきたいんですけど」と、王子さまは遠慮《えんりょ》がちに言いました。

「ええ、いいわよ。」お姫さまはそう答えながら、大きなあくびをしました。それでもお姫さまはワインとビスケットを用意し、船《ふな》ばたから王子さまのほうへ身を乗り出しました。おかげでお姫さまは、いやでも王子さまの顔を見ることになりました。

「あら、王子さま」と、お姫さまは言いました。「なんだか元気がないみたい！　あなた、ほんとに平気？」

王子さまはもう気が遠くなりそうでしたが、「平気ですとも」と答えました。「ただ、何か食べるものをいただかないと、溺《おぼ》れないうちに死んでしまって、お役に立てないかもしれません。」

お姫さまは、「はい、これ」と言いながら、王子さまのほうへワインをさしだしました。

「あなたの手で飲ませてください。ぼくは手を動かすわけにはいかないんです。水が流れ出してしまいますから。」

「あら大変！」お姫さまはそう言って、すぐに王子さまにビスケットを食べさせたり、ワインを飲ませたりしはじめました。

そうしてもらっているあいだに、王子さまはお姫さまの指先に、何度かキスをすることができました。お姫さまは気がついているのかどうか、気にする様子《ようす》はありませんでした。それでも王子さまは、いくらか気分がよくなりました。

「すみません、お姫さま」と、王子さまは言いました。「あなたのためだからお願いするんですけど、いま眠《ねむ》っていただくわけにはいかないんです。起きていて、ぼくを見ててくださらないと、ぼくは持ちこたえられないかもしれません。」

「いいわよ、あたしにできることだったら、何でもやってあげるわ」と、お姫さまは恩《おん》着《き》せがましく答えました。そして、ちゃんとすわり直すと、このお姫さまにしては驚《おどろ》くべき辛抱強《しんぼうづよ》さで、じっと王子さまを見続けました。

お日さまが沈《しず》んで、お月さまが顔を出しました。水はたぷたぷと打《う》ち寄《よ》せてきて、王子さまの身体《からだ》をはいのぼってきました。もう水は王子さまの腰《こし》のあたりまできていました。

「ねえ、ちょっと泳がない?」と、お姫さまが言いました。「ここらへんなら、なんとか泳げるくらいになったみたいよ。」

「ぼくはもう二度と泳ぐわけにはいかないんです」と、王子さまは言いました。

「まあ、忘《わす》れてたわ。」お姫さまはそう言うと、黙《だま》ってしまいました。

水かさはぐんぐん増《ふ》えて、王子さまの身体《からだ》をはいのぼってきました。お姫さまはすわったまま、王子さまを見続けました。そして、ときどき、食べさせたり飲ませたりしました。夜がふけていきました。水かさはますます増えてきました。お月さまもどんどん高くなって、死んでいく王子さまの顔をまっすぐに照《て》らしました。水はもう王子さまの首のところまで来ていました。

「ぼくにキスをしてくださいますか、お姫さま?」と、王子さまは言いました。その声には力がなく、のんきそうな装《よそお》いはもうすっかり消《き》え失《う》せていました。

「ええ、いいわ。」お姫さまはそう答えて、長い、甘《あま》い、冷たいキスをしました。

「ああ」と、王子さまは、満足《まんぞく》そうにため息をついて言いました。「これで幸福に死ねます。」

王子さまはもう口をききませんでした。お姫さまは最後にもう一口、ワインを飲ませました。もう食べる力は残っていなかったからです。お姫さまはまた腰《こし》を下ろし、王子さまを見つめました。水かさはどんどん増《ま》して、王子さまのあごをぬらしました。やがて水は下唇《したくちびる》に届《とど》き、唇のすきままで上がってきました。王子さまは、水がはいってこないように、ぎゅっと唇をとじました。お姫さまは妙《みょう》な気分になってきました。水は王子さまの上《うわ》唇《くちびる》に達《たっ》しました。もう息は鼻《はな》でするしかありません。お姫さまはおろおろしました。水は鼻の穴《あな》を隠《かく》してしまいました。お姫さまのおびえた目は、月の光を浴《あ》びて、不思議《ふしぎ》な輝《かがや》きを放ちました。王子さまの頭がうしろへ倒《たお》れ、水面がその上にとじ、最後に吐《は》いた息の泡《あわ》がぶくぶくと上がってきました。お姫さまは悲鳴《ひめい》をあげて、湖に飛びこみました。

お姫さまはまず一方《いっぽう》の足を引《ひ》っ張《ぱ》り、今度はもう一方を夢中《むちゅう》になって引っ張りましたが、どちらも動いてはくれませんでした。息をつくためにひと休みしたお姫さまは、王子さまがもう息ができなくなっていることに気がつきました。お姫さまは気も狂《くる》わんばかりになって、王子さまの身体《からだ》を支《ささ》え、頭を水の上に出しました。王子さまは手で穴《あな》をふさぐためにかがんでいたので、身体をまっすぐにすれば、頭はまだ水の上に届《とど》いたのです。しかし、それもむだでした。王子さまの息はすでに絶《た》えていました。

愛と水とが、お姫さまにありったけの力を返してくれました。お姫さまは水にもぐり、全力をふりしぼって引《ひ》っ張《ぱ》り続け、ついに片方《かたほう》の足を抜《ぬ》くことに成功しました。もう一方《いっぽう》は簡単《かんたん》に抜《ぬ》けました。どうやって王子さまを小舟《こぶね》に乗せたのかは、あとになってみると、全然《ぜんぜん》思い出せませんでした。しかしお姫さまはそれをやりとげ、そのまま気を失ってしまいました。やがて我《われ》に返ったお姫さまは、オールをつかみ、なんとか気を落ち着けるように努《つと》めながら、舟《ふね》をこいだことなど一度もなかったにもかかわらず、せっせとこぎはじめました。岩をよけ、浅瀬《あさせ》を越《こ》え、泥《どろ》の中を渡《わた》って、お姫さまはやっとなんとか宮殿《きゅうでん》の桟橋《さんばし》に小舟をつけました。岸辺《きしべ》には、お姫さまの悲鳴《ひめい》を聞きつけた人々が集まってきていました。お姫さまは、王子さまを自分の部屋《へや》に運び、自分のベッドに寝《ね》かせ、暖炉《だんろ》に火を焚《た》き、お医者《いしゃ》さまを呼《よ》ぶようにと命令しました。

「殿下《でんか》、そんなことをなさっては湖が！」と叫《さけ》んだのは、騒《さわ》ぎで目をさまして、ナイトキャップのままで顔を出した侍従長《じじゅうちょう》でした。

「おまえなんか、湖に溺《おぼ》れておしまい！」と、お姫さまは言いました。

これはお姫さまがしでかした不作法《ぶさほう》な振舞《ふるま》いの、最後を飾《かざ》るものでした。しかし、お姫さまが侍従長《じじゅうちょう》に腹《はら》を立てたのも無理《むり》はないということは、認《みと》めなくてはなりません。

顔を出したのが王さまご自身であったとしても、これよりましなことにはならなかったでしょう。しかし、王さまとお妃《きさき》さまは、二人ともぐっすりと眠《ねむ》っていました。侍従長《じじゅうちょう》もベッドに引《ひ》き揚《あ》げていきました。お医者《いしゃ》さまはどういうわけか、いつまでたっても来ませんでした。王子さまのそばに残ったのは、お姫さまと年取った乳母《うば》だけでした。しかし乳母は賢《かしこ》い人で、何をすればいいか、ちゃんと心得《こころえ》ていました。

二人はありとあらゆることをやってみましたが、さっぱり効《き》き目《め》がないままに、長い時間がすぎました。お姫さまは希望《きぼう》と不安とに引《ひ》き裂《さ》かれて、気も狂《くる》わんばかりでしたが、がんばっていろんなやり方を次々に試《ため》し、それをまた何度となくくり返しました。

そして、ついにあらゆる望《のぞ》みが絶《た》え果《は》てたとき、お日さまが顔を出し、それといっしょに王子さまも、ぱっちりと目を開きました。

15 ほら、雨！

お姫さまはわっと泣きだし、床《ゆか》に崩《くず》れ落ちてしまいました。そして、一時間のあいだそこを動かず、ただただ涙《なみだ》を流し続けました。生まれてこのかたせきとめられていた涙が、残らずあふれだしてきたのです。そして外では、この国ではじめて見るような雨が降《ふ》っていました。雨のあいだもお日さまはキラキラと輝《かがや》き続け、天からまっすぐに落ちてくる大きな雨の粒《つぶ》も、お日さまそっくりにキラキラと輝いていました。宮殿《きゅうでん》の上には虹《にじ》の橋がかかっていました。雨はルビーになり、サファイアになり、エメラルドになり、トパーズになって降ってきました。山々からほとばしる急流《きゅうりゅう》は、まるで溶《と》かした金のようでした。もしも湖の底《そこ》に地下への抜《ぬ》け穴《あな》がなかったら、湖はあふれかえって、国じゅうを水びたしにしたことでしょう。いまや湖は、まんまんと水をたたえていました。

しかしお姫さまは、湖を見ようともせず、ただ床《ゆか》に横たわったまま泣き続けていました。家の中のこの雨は、外の雨よりもはるかに不思議《ふしぎ》な雨でした。その証拠《しょうこ》に、やっと少し落ち着いて立ち上がろうとしたお姫さまは、驚《おどろ》いたことに、立てなくなっていたのでした。お姫さまはいろいろやってみた末に、やっとなんとか立ち上がることに成功しました。しかし、すぐまた転《ころ》んでしまったのです。その音を聞いた乳母《うば》は、喜びの叫《さけ》びをあげて、お姫さまのそばへ駆《か》けよりました。

「あらまあ、姫さま、重さがおできになりましたね！」

「まあ、これがそうなの？」お姫さまは、肩《かた》と膝《ひざ》をかわるがわるさすりながら、そう言いました。「なんだか、ひどく具合《ぐあい》の悪いものね。あたし、こなごなになるんじゃないかと思ったわ。」

「ばんざい！」と、王子さまがベッドの中で大声をあげました。「あなたがなおってしまわれたのなら、ぼくももう大丈夫《だいじょうぶ》ですよ。湖はどんな具合《ぐあい》です？」

「縁《ふち》までいっぱいでございます」と、乳母《うば》が答えました。

「だったら、すべてめでたしめでたしだ。」

「ほんとにそうね!」お姫さまはむせび泣きながら答えました。

喜びが雨といっしょに、国じゅうにくまなく降《ふ》りそそぎました。赤ちゃんたちまでが、すぎ去った苦労《くろう》を忘《わす》れて踊《おど》りはね、きゃっきゃっと大声を上げました。王さまは物語を語り、お妃《きさき》さまはそれに耳を傾《かたむ》けました。それから王さまは、金庫《きんこ》の中のお金を子どもたちみんなに分け与《あた》え、お妃さまも壺《つぼ》の中の蜂蜜《はちみつ》をおなじように配《くば》ってまわりました。みんなの喜んだこと、喜んだこと、こんなに楽しいお祭騒《まつりさわ》ぎはついぞ見たことがないほどでした。

もちろん王子さまとお姫さまは、直《ただ》ちに婚約《こんやく》を結びました。しかし、まずお姫さまが歩き方を習ってからでないと、作法《さほう》にかなった結婚式《けっこんしき》を挙《あ》げるわけにはいきませんでした。この歳《とし》になってそれをやるのは、楽なことではありませんでした。なにしろお姫さまの歩き方ときたら、赤ちゃんとかわりがなかったからです。お姫さまはしょっちゅう転《ころ》んでは、怪我《けが》ばかりしていました。

「みんながあんなに重んじていた重さがこれ？」ある日また床《ゆか》に転《ころ》んだお姫さまは、助け起こしてくれた王子さまにむかって、そう言いました。「こんなものなら、なかったときのほうが、ずっと具合《ぐあい》がよかったわ。」

「いやいや、それじゃありません。ほら。」王子さまはそう言いながらお姫さまを抱《だ》き上げ、赤ちゃんをあやすように抱いてまわりながら、何度もキスをしました。「これが重さってものですよ。」

「これならいいわ。重さがあっても、そう悪くはないわね。」

お姫さまはそう言いながら、王子さまの顔を見て、世にも愛らしくにっこりとほほえみました。そして、王子さまからのたくさんのキスのお返しに、軽いキスを一つだけしました。それでも王子さまは天にも昇《のぼ》る心地《ここち》になって、こんなにお返しをもらっていいのだろうかと思ったほどでした。たぶんこのあともお姫さまは、何度となく、重さができたことを嘆《なげ》いてみせたことでしょう。

お姫さまがなんとか歩けるようになるまでには、ずいぶん長くかかりました。しかし、歩き方を習うのがどんなに大変でも、それをちゃんと埋《う》め合わせてくれるものが二つもあって、そのどちらもが、それ一つでも十分《じゅうぶん》になぐさめになるほどでした。一つめは、歩き方を教えてくれるのが、ほかならぬ王子さま自身であったことです。二つめは、いつでも好きなだけ湖に飛びこめるようになったことです。それでもやっぱりお姫さまは、王子さまに抱《だ》いてもらって飛びこむほうが好きでした。そんなとき、二人がたてる水しぶきの盛《せい》大《だい》なことといったら、以前とは比《くら》べものにならないすばらしさでした。

湖の水は二度と減《へ》りませんでした。時がたつうちに、水は地下の洞窟《どうくつ》の天井《てんじょう》を崩《くず》してしまい、湖の深さは二倍になりました。

お姫さまは、伯母《おば》さんに会う機会《きかい》があったときに、たった一つの復讐《ふくしゅう》として、痛風《つうふう》にかかっていた足の指をぎゅっと踏《ふ》みつけてやりました。ところがちょうどその翌日《よくじつ》に、土台《どだい》の下を水にえぐられてしまった家が夜のうちに崩《くず》れ、伯母さんはその下敷《したじ》きになったという報《しら》せが届《とど》いたので、お姫さまは、あんなことをするんじゃなかったと思いました。家の残骸《ざんがい》の中から死んだ王女を掘《ほ》り出そうとする人は、だれもいませんでした。ですから、王女はいまもそこに埋《う》まっています。

そんなわけで、王子さまとお姫さまは、末永《すえなが》く幸せに暮《く》らしました。二人の冠《かんむり》は金、服は布、靴《くつ》は革《かわ》でできていて、息子《むすこ》たち、娘《むすめ》たちが何人も――そしてその子たちは、物事の重大な局面《きょくめん》にのぞむときには、それぞれに割《わ》り当《あ》てられた重さをちゃんと保《たも》ち、そのかけらのかけらさえも決してなくしたりはしなかったということです。

かるいお姫さま
ジョージ・マクドナルド作　モーリス・センダック絵

2020年11月10日　第1刷発行
2024年9月5日　第2刷発行

訳者　脇《わき》 明子《あきこ》

発行者　坂本政謙

発行所　株式会社 岩波書店
〒101-8002 東京都千代田区一ツ橋2-5-5
電話案内 03-5210-4000
https://www.iwanami.co.jp/

印刷・精興社　製本・牧製本

ISBN 978-4-00-116026-0　Printed in Japan